禽舎の贄

Tohoru Mizuhara
水原とほる

CHARADE BUNKO

Illustration

有馬かつみ

CONTENTS

◆◆

野鳥の中でも一番朝早くに鳴き出すのは、やはりスズメのようだ。

その日の明け方も紗希《さき》は自分の寝床ではない場所で目を覚ますと、屋敷の庭を飛び交うスズメの声に耳をすました。どこにでも巣を作るスズメは都会でもたくましく生きていける野鳥だが、ここの庭にやってくるのはどこよりも過ごしやすいことを知っているからだ。

そんな早起きのスズメに急き立て《せ》られるように、紗希はそっと寝床から体を出して振り返る。昨夜《ゆうべ》、自分を抱いた男はまだ静かに寝息を立てている。

合田《ごうだ》柳燕《りゅうえん》は今年で六十二歳になるが、若い頃に水泳や乗馬で鍛えたという体は紗希よりもずっとたくましい。また、白髪交じりでも充分に豊かな髪はゆるやかに後ろに撫《な》でつけられていて、目鼻立ちのはっきりとした容貌《ようぼう》を際立たせている。

紗希が卒業した東京の芸術大学で日本絵画科の名誉教授を務める柳燕だが、今では講義のために大学に出向くのは月に一、二回くらいのものだ。それ以外の時間のほとんどは、琵琶《びわ》湖《こ》湖畔の屋敷に引きこもり創作活動のために時間を費やしている。そして、紗希が柳燕の内弟子となり、この屋敷に住み込むようになったのは大学を卒業してすぐのことだった。

さほど裕福でもないサラリーマン家庭の三人兄弟の次男に生まれた紗希は、そもそも両親から芸大への進学を反対されていた。もっと堅い仕事につけるよう適当な大学の経済学部にでも進んでほしかったのだろう。気持ちはわかるが、絵を描くこと以外に不器用な紗希には他の大学や、他の仕事など思いつきもしなかった。

大学の間は奨学金と親の仕送りでどうにかすることができた。だが、卒業したからといって就職先が容易に見つかるわけもない。芸術大学でもデザイン学科や放送学科などと違い、日本絵画科は就職には最も不利なのだ。

紗希の卒業制作である「葡萄《ぶどう》と黒鴉《くろじ》」の絵は幸運にも大学の買い取りとなったが、すぐに画家として生活ができるわけもない。それに、紗希にはまだまだ学びたいことも多く残っていた。

就職もできず、大学院へ進む経済的余裕もない紗希が悩んでいるとき、内弟子にならないかと話を持ちかけてくれたのが日本絵画科の恩師である柳燕だ。

それまで都内で暮らしていた彼が、両親から譲り受けた資産をつぎ込み琵琶湖湖畔に屋敷とアトリエを構えることとなり、そこで住み込みながら絵を勉強させてくれるという話だった。

学生時代から目をかけてもらっていることはわかっていたが、柳燕は特定の弟子を取らないことで有名だったので、話をもらったときは俄《にわ》かに信じられなかった。

だが、住み込みで柳燕の秘書的な仕事や創作の助手をすれば、あとは自由に絵を描くことができて、いくばくかの手当てもくれるという。尊敬する柳燕のそばでこれからも絵を学べる。そんな夢のような幸運に深く感謝して、紗希は迷うことなく「お願いします」と頭を下げたのだ。

ところが、自分の考えていた現実とは違うことに気がついたのは、柳燕の屋敷で住み込むようになって間もなくのことだった。

大学時代に住んでいた下宿を引き払い、住み慣れた東京を離れて屋敷にやってきた一週間後のこと。夜になって柳燕の寝室に呼ばれたときも紗希はまだ事態が呑《の》み込めておらず、寝床に体を倒されてから初めて自分が内弟子に選ばれた本当の意味を知ったのだ。

最初の夜は困惑と怯《おび》えと羞恥《しゅうち》で、自分でもどうやって過ごしたのかよく覚えていない。ただ、親の反対を押し切り何もかも捨てて東京を出てきた紗希なのだ。柳燕の手を拒んで実家に逃げ帰ったら、もう二度と絵筆を握ることはできなくなる。また、柳燕に逆らえば今の日本画壇で生きていくことは難しい。ならば、この手を拒むことはできない。柳燕の腕の中で固く目を閉じながら、そう思ったことを覚えている。

それでも、近寄り難いほど雲の上の存在だった柳燕が紗希に触れるときの手は温かく、囁《ささや》かれる言葉はどれも優しかった。突然のことに泣き出した紗希を宥《なだ》め、羞恥に震える体をそっと開き、ゆっくりと時間をかけて快感に果てるまで愛撫《あいぶ》が続けられた。

よもや男の自分が同性である柳燕から体の関係を求められるなどとは想像すらしていなかった紗希だが、抱かれてみれば自分の心と体は思いのほか従順なことを知った。

柳燕は大学時代の恩師であり、おそらく今後一生の絵における師でもある。そして、偉大な日本画家として誰よりも尊敬している。その気持ちが変わることはない。そんな思いが紗希から抵抗を奪っていたのは事実だ。が、それと同時に女性と関係を持ったことのない二十二歳の体は、誰かに導かれることを待っていたような気もしたのだ。

　そして、人を好きになることがどういうことかわからないままに、愛《め》でられるということを教えられた。絵のことしかなかった紗希は体の甘い疼《うず》きを知り、一人で抱えていた孤独と弱い気持ちが柳燕に縋《すが》っていった。

　ここにいれば、少なくとも絵を描き続けることができる。好きなことをするためにいくばくかの代償を支払うのは当然の義務だ。それに、愛されることはそれほど辛《つら》いことばかりでもない。そう割り切って考えるようになった自分を恥ずかしく思うときもある。でも、どうしたって紗希には他に選択の余地はなかったのだ。

　今となっては奨学金の返済まで柳燕に頼っていて、二年前以上に紗希には行く場所がない。だから、柳燕に命令されれば裸体で絵のモデルを務めることもあるし、求められれば寝間で体も開く。

　あとはわずかな雑務と柳燕の創作活動の助手をするだけで、それ以外のことは住み込みや通いの家政婦がやってくれる。柳燕の声がかからないときは、紗希もまた屋敷の離れに与えられた自室兼アトリエで日がな自由に絵を描くことができた。

　そんな恵まれた環境の中で、紗希にはもう一つだけ重要な仕事があった。それは、屋敷の広大な庭で飼っている鳥たちの世話だ。柳燕の作品の題材には美人画や風景画もあるが、とりわけ彼の描く花鳥画は高く評価されている。その作品は国内外を問わず人気が高く、多くの美術愛好家や公共の美術館、博物館によって買い上げられている。

現在、絵の依頼のほとんどは花鳥画に集中しており、大学から遠く離れた湖のほとりのこの土地に大きな屋敷を構えることにしたのも、絵の資料として観察できるよう野鳥を飼育できるからだ。

紗希が屋敷にきてから一年ほどは鳥たちの世話をする専任の老人がいた。だが、老齢のため彼が仕事を辞めてからというもの、紗希が庭の鳥たちを管理するようになった。

たかが鳥の世話といっても、その種類も数も多い。市の特別許可を取って飼っている野鳥の他、鳥たちにとって素晴らしい自然が整った庭に飛来してくるものもいるので、毎日二時間ほどはそれらの世話に追われている。

老人から習った知識を全部ノートに書き留めておき、それ以外のことは独学で覚えてきた。鳥たちの世話をしながらもじっくりと観察してスケッチをし、それをアトリエで作品に仕上げる。鳥ばかりでなく、広大な庭には四季折々の木々や花々が咲き乱れ、一年を通して絵の題材に不自由することはない。

ここにきてからというもの、紗希もまた花鳥画の魅力に取りつかれたように鳥と花を描くようになっていた。題材は目の前に溢《あふ》れていても、構図や技術的なものはまだまだ柳燕から学ぶことが多い。柳燕の一筆一筆に新しい発見をする。偉大な画家の創作の現場に立ち会える幸運は、誰にでも与えられるものじゃない。これは内弟子である紗希にだけ与えられた貴重な体験なのだ。

そんな柳燕には言葉にならないほどの恩義を感じている。けれど、近頃は柳燕との体の関係が辛く感じるようになっていた。というのも、年を重ねるごとに抱かれる回数そのものは減ってきているが、紗希に対する束縛が少しずつ強くなっていくような気がしているからだ。

「おまえのその整った顔は見ていると気持ちが癒《いや》されるよ。だが、寝床で乱れる姿を見せてもらうと、それはまた楽しいことでね」

そう言って紗希を抱く柳燕は、この体と顔がとても気に入っているらしい。あとから聞いた話では大学に入ったときから、まず紗希の絵を見るよりも容姿に気持ちが奪われたと言っていた。そして、この美しい少年がどんな絵を描くのかと興味を持ってくれたという。どういう順番であっても、その後柳燕は紗希の絵の才能を認めてくれたし、彼の指導によって自分の作品がよりよい方向へと導かれていることははっきりと自覚している。

もっとも、自分では己の容姿についてとりわけ自信があるわけでもない。長男の凜々《りり》しい美貌と、弟の愛らしい容貌に挟まれて、幼少の頃から父と母のよいところをもらい損ねた一番特徴のない顔をしていると思っていた。体つきも二十代の男として女性を魅了するようなたくましさはないし、どちらかといえば骨の細さを気にしているくらいだ。

ただ、柳燕はこういう中性的な雰囲気が好きなのだろう。色の白さや肩に触れるほどの長さに伸びた髪の柔らかさ、鼻梁《びりよう》の細さや少し丸みを帯びた瞳《ひとみ》の形など、むしろ女性的な部分と思われるところを誉《ほ》められることが多い。

そんな柳燕の束縛が強くなっていると感じるようになったのは、この半年ばかりのことだ。自分が外出するときにはできるかぎり紗希を同伴させるし、紗希が一人で外出するとあまりいい顔をしない。ちょっとした買い物や絵の資料探しなどでも、どこへ行っていたのかと問い詰められるときもある。やましいことなど一つもないのに、疑われていると思うだけで心が疲弊してしまう。

屋敷で鳥の世話をしながら自分の絵を描き、恵まれた環境にいることに感謝していても、それに対して支払う代償がいまさらのように重く紗希の身にのしかかってきていた。

本当に自分はこのままでいいんだろうか。悩めば悩むほどに、それがそっくりそのまま紗希の絵にも表われてくるような気がした。筆が迷って、納得のいく骨線が描けない。決めたはずの構図に不安が生まれる。間違いないと思って入れた色に納得がいかない。

画力だけなら学生時代より着実に上がっているはずなのに、自分でも戸惑いが見て取れる作品が描きかけのまま、いくつもアトリエに放置されている。

紗希自身が満足していない絵は、当然のように柳燕からもいい評価を得ることができない。構図や色彩、果てはデッサンから題材の選び方までよくないと言われて肩を落とすことを繰り返しているこの半年なのだ。

その日の朝も柳燕の寝床から出た紗希は、春の明け方の冷え込みに体を震わせてから、畳の上に投げ出されていた浴衣《ゆかた》を手にして羽織る。柳燕を起こすことのないよう静かに立ち上がると、だるさの残る腰を庇《かば》うようにして帯を巻き手早く身繕いをした。

　こんな状態が本意なわけではないが、望まれれば拒むことができる立場ではない。屋敷の長い廊下を歩きながら、思わず大きな溜息《ためいき》が漏れた。とその瞬間、体の奥から流れ出てくるものを感じて微《かす》かに声を漏らす。

「あ……っ」

　こんなところで粗相をしたくはないから、思わずその場にしゃがみ込んだ紗希は浴衣の裾《すそ》でそっと自分の後ろを拭《ぬぐ》う。雨戸を開いていない縁側のガラス戸に映る自分の姿がみっともなくて、そっと唇を噛《か》み締める。でも、これが今の自分のありのままの姿なのだ。

　早く体をきれいにしたくて、急いで自分の部屋に戻った紗希は手早くシャワーを浴びてから、いつものように鳥の世話をするため庭へと向かった。

　勝手に飛んでくる野鳥たちには餌《えさ》を撒《ま》いておくだけでいいが、禽舎《きんしゃ》にいる鳥たちには特別な世話がいる。特に柳燕が絵の題材として好んで使う和鳥は、それぞれの習性によって飼い方に違いがあった。今この庭の禽舎にはウソとホオジロ、ウグイスとメジロ、セキレイとケリ、それにツグミの仲間が何種類かいる。

　季節はようやく春を迎え、今は和鳥の中でもメジロやウグイスがよく鳴いている。柳燕は毎年この季節には必ず梅とメジロの絵を描く。去年は紗希も梅にウグイスの絵を描いたが、あまり気に入った出来ではなかった。

　なので、今年はメジロやウグイスではなく、スズメと若竹の絵を描く予定で今はそのデッサンをしているところだ。どこにでもいるスズメをわざわざ捕まえて籠《かご》に入れて観察するのは可哀想《かわいそう》なので、庭にやってきたときに米を撒いて、地面に少しでも長く引き止めておいて写生をする。

もちろん、メジロやウグイスなども保護の対象となっている野鳥なので限られた数以上は個人で飼ってはならない。だが、花鳥画家として名の知れた柳燕の場合は、鳥をちゃんと保護するという名目で市の特別な許可を得ており、数羽ずつ個別の籠の中で飼育していた。

それらを朝のうちに籠から出して禽舎で放し、自由に飛ばせてやる。琵琶湖から庭園に引き込んだ小川は、禽舎の中まで続いていて、鳥たちはそこで水浴びをして体を清潔にし、身繕いをする。そして、お腹《なか》が空《す》くと自分の籠に戻ってくるのだ。

室内で飼っていれば水浴び用の籠も入れて、一羽につき合計三つの籠が必要になるが、ここには川があるから籠はそれぞれの鳥に二つずつ用意している。それらを毎日掃除して交替できれいな籠で飼うようにする。

餌は大豆粉と米粉とふな粉を混ぜたすり餌に大根葉など緑の葉を加え、さらにすり鉢でよく擂《す》ったものを与える。そのすり餌も鳥の種類によって配分が違うので、少し面倒なところだ。たとえば、ウグイスには米粉を少し減らしてふな粉を多めにする。メジロにはふな粉を与えすぎると羽が黒っぽくなって汚くなるので、米粉のほうを多くしてふな粉を少なくする。

緑の葉は大根でも蕪《かぶ》でもいいのだが、食べ慣れたものを与えるほうが鳥にはいい。これらの知識は以前に鳥の世話をしていた老人に教えてもらったもので、すでに引退した彼には今でも電話でわからないことをたずねたりもする。

掃除の済んだ籠にそれぞれの餌を入れ、禽舎内に放した鳥たちがいつでも戻れるようにしてから紗希は庭園の中央にある大きな池へと向かう。

そこには琵琶湖から飛来する青鷺《あおさぎ》、白鷺《しろさぎ》、鴨《かも》やカイツブリなど十種類以上の水鳥がいる。それらにも餌を撒いてやって、しばらくそこで水面に浮かぶパンの欠片《かけら》を啄《つい》ばむ愛らしい姿を眺める。紗希にとって心からホッとする瞬間だ。檻《おり》の中の鳥も外の鳥も、そこにいることになんの疑問もなく、いたいからここで生息している。なのに、自分はどうなんだろう。

池のほとりにしゃがんで、ぼんやりとそんなことを考えているときだった。庭園の向こうの楢《なら》の木の下に人影が見えて、ハッとしたように立ち上がる。顔まではっきりと見えないが、背の高い男のようだった。

この庭に入れるのはごく限られた人間だけだ。柳燕本人と紗希と屋敷に勤める者たちで、客が望めば柳燕本人か紗希が案内をすることもある。だが、こんな朝早くに見知らぬ人影を見かけることはこれまで一度もなかった。

一瞬泥棒でも入ったのかと思ったが、こちらに向かって歩いてくる男の臆《おく》することのない態度と身なりのよさに気づき、すぐにそうではないとわかった。紗希が声をかけようとすると、男のほうがいち早く端整な顔に笑みを浮かべて呟《つぶや》いた。

「ああ、よかった、人がいて……」

長身の男は本当にホッとした様子で、紗希を見つめている。近くで見たその美貌は春の朝の空気の中で鮮明に紗希の心に焼きつき、しばし言葉を忘れるほどだった。

「君、ここの人だよね？」

「えっ、は、はい。そうですが、あなたは……」

紗希の問いかけが聞こえていなかったのか、男は池で餌を啄ばむ鳥たちを見ると目尻《めじり》に皺《しわ》を寄せて、なんともいえない柔らかな表情を浮かべる。

「ここにはいろいろな鳥がいるんだな。ああ、あれってカイツブリの子どもかな。あのサイズだとまるでパンを頬張《ほおば》る生きたラバーダックみたいだ」

笑って言うのを聞いても、男の正体がまだわからない紗希は努めて淡々と答える。

「見た目は可愛《かわい》くても、あの鳥はパンよりも小魚が主食ですよ。餌をやらないでいるとすぐに池にいる稚魚を食べつくしてしまいますから」

「えっ、そうなの？」

驚いた男は紗希の顔を見てからまた池に視線を移したが、やっぱり微笑《ほほえ》ましげに笑っている。

「まぁ、イグアナだってあの容貌で草食だったり、ウーパールーパーが肉食だったり、どんな生き物も見た目じゃわからないからね。でも、そういう意味では人間が一番よくわからないかもしれないけど」

そう言ってから、紗希に「そう思わないかい？」と訊《き》いてくる。訊かれた紗希はポカンとしたまま男を見ていたが、やがて我に返って自分が何をしなければいけないのかを思い出す。

それは、この男の素性を確かめ、なぜこの庭にいるのかを確認することだった。

「あの、どちら様でしょうか？　ここは一般の方に公開している庭ではないんです。もし、誤って入ってこられたなら、速やかにお引き取りいただきたいのですが……」

屋敷を取り囲むように広がる庭園には表門の他にも勝手口がいくつかあり、ときには神社仏閣と間違えて足を踏み入れる人がいないわけではない。その分、セキュリティはかなり厳重にしているが、早朝に紗希が鳥の世話のために庭へと出るときは屋敷中のセキュリティを解除していた。警報アラームが鳴らなかったのは、きっと男がセキュリティを解いたあとに屋敷に入ってきたからだろう。

その男は紗希の言葉を聞いて、慌ててスーツの内ポケットから名刺ケースを取り出し一枚を差し出してきた。

「紹介が遅れて申し訳ない。実は、合田先生に会いにきたんだ。アポイントメントはちゃんと取ってある。ただ、気難しい方だと聞いていたので、遅れるわけにはいかないと思って東京から車を飛ばしてきたら、早く着いてしまってね。屋敷の前でぼんやり待っていたら、庭のほうから鳥の鳴き声が聞こえてきてついフラフラと入ってしまったんだよ」

そういう事情なので、どうか警察沙汰《ざた》にはしないでくれと半分冗談で言いながら笑っている。

渡された名刺の名前を確認すれば今村利明《いまむらとしあき》とあり、肩書きは空間プロデューサーとなっている。あらためて男の顔を見つめてから、紗希が「あっ」と声を上げた。

東京から有名な空間プロデューサーが会いにくるという話は確かに聞いていた。ただ、それが今日だということをすっかり忘れていたのだ。紗希は今村に向かって深々と頭を下げて、自分の非礼を詫《わ》びる。

「申し訳ありません。先生のお客様とは存じませんで、失礼をいたしました。すぐに先生の今日の予定を確認してまいりますので、屋敷のほうでお待ちいただいてよろしいでしょうか」

柳燕の客なら粗相があってはならない。紗希が身も表情も硬くするのを見て、男のほうが恐縮したように持ち上げた手を横に振る。

「早くきてしまったのはこちらの勝手なので、気にしないで。それより、噂《うわさ》には聞いていたけれど、この庭は素晴らしいね。琵琶湖の水をそのまま引いているなんて、贅沢《ぜいたく》の極みだ。まるで鳥たちの楽園のようじゃないか。おまけに、こんなにも美しい青年が庭守りをしているなんて、少しばかりできすぎだ」

一気にそこまで語った彼にすぐさま心が冷めていくのを感じ、紗希は表情から笑みを消してしまった。容姿のことをそんなふうに口にする人間は信じることができない。自分の容姿が男として魅力がないことは、充分に自覚している。むしろコンプレックスの多い容姿がたまたま柳燕の審美眼に触れたからといって、驕《おご》る気持ちになれるわけもなかった。

まして、美しさだけでなく、たくましさや凜々しさも兼ね備えたような大人の男から言われれば、子どもに対する誉め言葉のように聞こえて、かえって惨めな気分になるだけだった。

時刻はまだ午前七時。そろそろ柳燕が起きる時間だ。これから身支度をして朝食を摂《と》り、アトリエに向かうのは九時くらい。来客がある場合はアトリエに入る前に時間を取るようにしている。

いずれにしても、今からだとたっぷり二時間は待ってもらわなければならない。仕事があって前日に移動することができなかったという彼は夜通し車を飛ばしてきたそうだから、きっと疲れているだろう。紗希はそのことも考えて、今村に客間で待つことを勧める。

「厨房《ちゆうぼう》に連絡をすれば、軽い朝食くらいご用意できると思いますから」

食事をしてもらって、一休みすればちょうどいい時間になるだろう。だが、今村は笑顔でその提案を断った。

「ありがたいけれど、重要な商談や打ち合わせの前は食事を摂らない主義なんだ。気持ちが弛《ゆる》んでしまうと困るのでね。まして合田先生とは初対面だから、いい緊張感を持ってお目にかかりたい」

ひょっこり庭に現われて、鳥たちを微笑ましげに眺めている姿はずいぶんリラックスしているようにも見えたが、仕事のことに関してはきちんと自分のスタイルを持っている人らしい。

それ以上朝食は勧めなかったが、それでもこのまま庭で待っていてもらうわけにもいかない。せめて屋敷に上がってもらい、お茶くらいは用意させてもらおうと思ったが、それさえも今村は遠慮するという。

「客間で一人ぼんやりとしているのは退屈そうだから、それなら庭を散策しているほうがいいかな。君は鳥たちの世話をしているんだろう。もし迷惑でなければ、見学させてもらっていいかい？」

「先生のお客様なら、庭を案内するのはやぶさかではないのですが……」

本当に東京からきた大切な客人を庭で待たせていいものかどうか、あとで柳燕に叱《しか》られないかと紗希は心配していたが、今村は自分の興味のある場所へさっさと歩き出してしまう。

「それにしても広いね。どのくらいの広さがあるの？　ここには何種類くらいの鳥がいるんだい？　全部君一人で世話をしているの？」

池のほとりから奥の梅林へと続く石畳に沿って多くの椿《つばき》の木が植えられている。今はまだ開花には早いが、蕾《つぼみ》がかなりほころんでいるものもある。

紗希は今村の質問に一つずつ丁寧に答えながら、柳燕が特に気に入っている梅林を案内し、屋敷の中庭の枯山水庭園を見せにいく。これが客を連れて案内するときのいつものルートなのだ。今村もこれまでの客と同じように、柳燕が多くの資産と心血を注いで築き上げた美しい庭に感嘆の声を漏らしていた。

これまでも柳燕の客を連れて庭を回ることは何度もあったが、海外からの客や年配の政界財界の重鎮の場合、英語での説明が必要だったり粗相のないようにと気を遣うことが多い。けれど、ひょっこり現われた今村という男はまだ三十代半ばらしい若さで、気取らない話し方などが紗希を無駄に緊張させない。こういう人なら庭を案内していても肩が凝らないし、紗希も楽しかった。

　だが、三十分ほどかけて庭を歩いて回ったところで、紗希は禽舎へ戻らなければならないことを告げた。水浴びをした鳥たちがそろそろ餌を食べに自分の籠に戻っていく時間だからだ。

　すると、今村はぜひそこも見てみたいと言ったので、禽舎の外からなら自由に見てくれても構わないと言った。というのも、禽舎の中に入ってもらっては、鳥の羽や糞《ふん》などで洋服を汚してしまうかもしれないからだ。これから柳燕と会うという大事な客なのだし、仕立てのいい高価そうなスーツを汚しては申し訳ない。

　一緒に禽舎のところまで戻ると紗希だけが中に入り、今村は外から鳥たちの世話をする様子を眺めている。鳥たちは水浴びのあときれいに身繕いをすると、それぞれの籠に帰っていき用意された餌を啄ばんでいた。

「ずいぶんとよく躾《しつ》けられているんだな。もしかして、肩や手にとまったりもするの？」

　金網越しに今村がたずねたので、紗希は鳥たちが戻っていった籠の入り口を一つ一つ閉めながら答える。

「餌を用意するのが遅いと、催促して肩にとまったりすることもまれにあります。メジロなんかはまだ慣れやすいほうですから」

「一番警戒心が強いのは何？」

「そうですね。ほとんどの野鳥はそうですけど、セキレイとかは人の気配ですぐに逃げてしまいます。ベニマシコやヒヨドリ、コマドリも警戒心は強いです。でも、一番人に懐かないのはスズメじゃないかと思います。まれに籠で飼っている人もいますが、いつまで経《た》っても籠の外の仲間のところへ帰りたがるようですから」

そう説明しながら鳥たちの籠をすべて禽舎の中に作られた棚へ戻してしまうと、紗希はその棚の片隅に立てかけてあったスケッチブックを持って外に出る。すると、今村はそれを見て驚いたようにたずねる。

「もしかして、鳥の世話だけじゃなくて君も絵を描くのかい？　そういえば、君の名前もまだ聞いてなかったな」

言われてみればそうだった。紗希は今村の名刺を受け取っておきながら、自分からは名乗っていなかったことを思い出し、恐縮したように頭を下げる。

「うっかりしていました。僕は柳燕先生の内弟子で津山《つやま》紗希といいます」

「じゃ、君も芸大の学生だったの？」

「はい。二年前に卒業して、ここに住み込みで先生のお手伝いをしながら、絵の勉強をさせてもらっています」

「ということは、わたしの後輩でもあるってことか」

「今村さんも芸大出身なんですか？」

「ああ、デザイン学科だったけどね。今回は合田先生にお願いがあって、芸大繋《つな》がりでなんとかアポイントメントを取らせてもらったんだよ。でも、気難しいので有名な先生が絵の内弟子を取っていたなんて知らなかったな」

それには人に言えない事情もあるのだが、そんなことなど知る由もない今村は紗希のスケッチブックを指差して訊く。

「ところで、君はどんな絵を描いているんだい？　スケッチを見せてもらってもいいかな？」

「え……っ」

いくら柳燕の内弟子とはいっても、紗希の絵に興味を持つなんて思ってもいなくて少し困惑気味に今村を見る。すると、彼は気まずそうに髪を撫でて苦笑を漏らす。

「さっき会ったばかりで、ちょっと図々しかったかな。でも、内弟子に入っているということは、合田先生にも認められたということだろう。君がどんな絵を描くのか大いに興味があるね」

多分社交辞令だろうと思った。早朝にやってきて庭を案内させたから、紗希が絵を描いていると知り無視するのも失礼だと思ったのかもしれない。

ここで頑《かたく》なにスケッチブックを開かないでいても意味はない。どうせ時間もあるのだし、これも接客のうちだと思えばそうするまでだ。

紗希は禽舎のそばに置いてある茶筒を開けて中から米を一握り出してくると、それを地面にばら撒き今村に言った。

「今からスズメのデッサンをしますから、よかったら後ろでご覧になっていてください」

そう言うと、撒かれた米を啄ばみに地面に降りてきたスズメの前にそっとしゃがみ、開いたスケッチブックにデッサンを始める。

今村はスズメたちを驚かさないよう息を殺して、紗希の後ろからスケッチブックをのぞき込んでいる。歩き回り、せわしなく首を動かして米を食べているスズメをデッサンするのは難しい。

まずは、素早くその全体像をとらえて線を引いていかなければならない。輪郭を描いたあとは、目の位置と嘴《くちばし》の形を描き込むことでその鳥の相のようなものが決まる。その部分の線一本で優しい相にもなれば、険しい相にもなる。そして、足の形と羽の模様で写生している鳥の特徴をより如実に描き込んでいく。

動き回るスズメをじっと観察しながらも、手を休めることなく描き続け、短い間で十ほどのデッサンを描いた。やがてスズメが飛び立ってしまったあとには記憶を辿《たど》ってそれらを仕上げていく。その様子を黙って背後から見ていた今村が、感心したように言う。

「驚いたな。これほどのものとは正直思っていなかったよ。さすがは合田先生が認めただけあるね」

紗希のことを内弟子とは名ばかりの、鳥の飼育係くらいに思っていたのだろう。本当に正直すぎる言葉を口にした今村だが、べつにいやな感じはしなかった。そして、スケッチブックの他の絵も見せてほしいと言うので、紗希はそれを手渡した。

「これは、毎日庭で気ままに描いているスケッチブックなので、たいしたものではないですけど……」

練習用のスケッチブックを人に見せるなんてことは、滅多にない。柳燕にさえ作品の下描きとなる選び抜いた数枚を見せるくらいだ。

でも、今村の屈託のない態度を見ていると、つい紗希の気持ちも弛みがちになってしまう。どちらかといえば人見知りをする自分には珍しいことで、今村という男の何がそれほど紗希の警戒心を解いてしまうのか不思議なくらいだった。

ただ、デザイン学科出身とはいえ彼も芸大の卒業生だし、まんざら絵心がないわけでもないらしい。人によっては退屈としか思わない花鳥画に興味を持ってくれているのなら、それは紗希にとっても嬉《うれ》しいことだった。

スケッチブックを受け取り一ページずつ丁寧に見ていったあと、今村はなぜか楽しそうに頬を弛めると言った。

「鳥も素晴らしいし、花の絵もいいね。写生の力というのはすごいな。基本はすべてここにあるのに、空間を創《つく》る仕事をしていると、人工的なものにばかりとらわれてしまいがちになる。ここにあるデッサンの一つ一つを見ていると、自然が美しくて神秘的で、さらにありがたいものだということをあらためて実感させられるよ。もちろん、君の観《み》る力とそれを写し取る力があってのことだけどね」

ものすごい誉め言葉を大真面目《まじめ》に言われて、気恥ずかしさに言葉を失ってしまう。そして、紗希が屋敷の離れにアトリエを持っていることを知ると、デッサンだけじゃなくて作品もぜひ見てみたいと言い出した。

もはや社交辞令とは思えない言葉を聞いて、何が彼の心を惹《ひ》きつけたのかはわからないものの、紗希は断ることができなかった。

「じ、じゃ、先生とのお話のあとにお時間が許すなら、ご案内させていただきます」

戸惑いながらもそう約束すると、今村が嬉しそうに頷《うなず》いた。そして、照れている紗希をからかうかのように耳元に唇を近づけ、「約束だよ」と言ったときだった。屋敷の中から朝食を終えた柳燕が出てくるのが見えて、紗希が驚いたように今村から身を引いた。

大学へ講義のために出かけるときや外で人と会うときはスーツを着るが、一日屋敷にいて絵を描いて過ごすときは和装が多い。今日も出かける予定がないので、和装で禽舎を見にきた柳燕は紗希が今村と一緒にいるのを見て、わずかに表情を曇らせる。そして、二人のそばまでくると、思い出したように呟いた。

「客か。ああ、そういえば、東京の空間プロデューサーがくるといっていたな」

柳燕の言葉に今村が前に出ると、一礼をして自己紹介をしてから今の状況を簡単に説明する。

「やっとお目にかかれると思って意気込んできたら、早く着きすぎてしまいました。ですので、素晴らしい庭を案内してもらっていたところです」

今村の言葉を聞いて、柳燕は軽く頷いてから紗希のほうを見て言った。

「彼を客間へ案内したら、一足先にわたしのアトリエに入って待っていなさい。昨日の続きを描くから、準備をしておくように」

落ち着いた柳燕の口調は普段と変わらなかったが、それでも少しだけ苛立《いらだ》ちのようなものが感じられた。いつもそばにいる紗希だからわかるわずかな感情の起伏だが、柳燕は今村の言うとおり気難しいところがあるのだ。

今村という男がどういう話で柳燕に会いにきたのかはわからないが、感じのいい人だけに東京からはるばるやってきて無駄足にならなければいいと思った。

客間へ案内する途中、紗希が今村に一言詫びを言う。柳燕のアトリエに呼ばれているので、彼を自分のアトリエに招くことはできないからだ。

「残念だけど、仕方がないね。でも、またの機会があればぜひ君の絵を見せてもらうよ」

本当にそんな機会があるだろうか。今村と柳燕がどんな話をするのかもわからない紗希は、彼の言葉をそれほど真面目に受け止めてはいなかった。

それより、昨日の続きを描くということは、紗希はまた裸体を晒《さら》さなければならないということだ。依頼を受けている絵以外では、近頃の柳燕は紗希の裸像を描くことが多い。柳燕の作品の中では女性に細工されていることもあれば、そのまま青年の姿で描かれていたりもするが、どれも花鳥画とはまるで違う淫靡《いんび》さが漂うものだった。

未《いま》だ発表はしていないそれらは、すでにいくつか描きためられている。どれも柳燕の筆による見事な芸術であるにもかかわらず、紗希にとっては作品が増えるごとに自分の中の澱《おり》がたまっていくような気がするのだ。

自分はずっとこうして柳燕の庇護《ひご》のもとでしか生きていけないのだろうか。そう思うと、ときおり自分の身がひどく哀れになるときがある。

禽舎で飼われているきれいなメジロでなくてもいい。茶色い羽のスズメでも、自由に空を飛び回れたらそのほうが幸せなんだろうか。紗希はまだ自分の羽で空へ飛び立ったことがないから、よくわからない。

でも、空を見上げたとき、そこに広がる自由が自分にはひどく眩《まぶ》しく感じられて、ときどきとても悲しい気持ちになるのだった。

「仰向《あおむ》けに横になって、顔はこちらだ」

まだ花冷えのする季節なので、洋服を脱いでいる紗希のため柳燕のアトリエは少し暖房を強めにきかせてくれている。それでも、一糸まとわぬ姿に心許《こころもと》なさを感じて紗希が小さく体を震わせた。

だが、一度絵を描きはじめると柳燕の集中力は凄《すさ》まじく、紗希のわずかな身動きさえも許してくれない。そして、すぐ近くでじっと自分の体を見つめる視線の鋭さにも慣れることはない。

「もう少し、足を開いて」

紗希の戸惑いを察するように、柳燕は冷たい声で自分の望むポーズを要求する。紗希は小さく返事をして、股間《こかん》を晒すように足を割った。

このデッサンがこのまま作品になることはないと思うが、花鳥画とはほど遠い自分の姿を柳燕の手で写し取られていると思うと、いつも居たたまれない思いに駆られるのだ。

「今朝、あの男と何を話していたんだ？」

手を休めないまま柳燕がいきなりたずねる。あの男とは、今日の午前中に屋敷にやってきた今村のことだ。それはわかっているが、柳燕が絵を描いているときに話しかけてくるのは珍しいことで、紗希は答えていいものかどうか迷っていた。だが、何も答えないわけにもいかずに、短い言葉で返事をする。

「特別なことは何も。ただ、庭を案内しただけです」

「そうなのか？　彼はおまえにずいぶんと興味を持ったようだがな」

確かに、絵を見たいとは言ってくれたし、それを聞いたときは素直に嬉しかった。けれど、数時間もして冷静になってみれば、やっぱりあれは社交辞令だったのではないかと思えてきた。

「先生の内弟子と知って、気遣ってくださったみたいです」

大事な話をする前に、取次ぎの人間にも好印象を与えておくのは賢明なことだ。おそらく、彼もそれくらいの気持ちだったのではないだろうか。

それよりも、東京の有名な空間プロデューサーである今村がどんな話を柳燕に持ってきたのか、そのほうが紗希には気になっていた。でも、モデルをしている今はそれを問いかけることはできなかった。

「もういいぞ。起きてこちらに背中を向けなさい。顔と視線は斜め下だ。少しこちらを振り返る感じで。寒ければ着物を羽織ってもいい。ただし、左の肩から腰は見えるようにしておきなさい」

とりあえず股間を隠せることでホッとした紗希が、言われたとおりのポーズを取りながら加賀友禅《かがゆうぜん》の着物で右半身を覆った。

その姿をデッサンしていた柳燕が、また今村のことに話を戻す。

「空間プロデューサーとしての評判は聞いていたし、芸大の学長の紹介だったので会ってみたが、なんとも飄々《ひょうひょう》とした男だな」

柳燕にも少し不思議な印象を植えつけていったらしい今村が持ってきたのは、来年の春に完成予定の地元の文化ホールのために絵を提供してくれないかという依頼だったそうだ。

百号サイズの絵をホールのエントランス用に欲しいというだけでも大きな依頼だ。だが、それだけではなく、常設展示室用に柳燕の所蔵している花鳥画を二十点ほど定期的に貸してもらいたいという。

国からの援助を受けて建設する文化ホールは、そこから日本の芸術文化を発信する場としてこれから注目を浴びるであろう場所だった。

日本画壇における柳燕の地位はすでに確かなものがあるが、意外にも地元でまとめて作品を展示する場所というものは持っていなかった。柳燕本人がそういうことに無頓着《むとんちゃく》なところもあり、彼の絵は世界中の望む人のところへ散ってしまっている。また、柳燕本人が気に入っているものはけっして手放さずに、屋敷のアトリエ奥の倉庫に大切に保管されていた。

詳しく聞いてみないとわからないが、今村の持ってきた話というのは柳燕にとって悪い話ではないように思えた。日本画の普及にも貢献できるし、何よりも多くの人に柳燕の作品を鑑賞してもらうことができる。また、場所的には日本を代表する湖のそばに建つホールということで、自然との融和という意味でも柳燕の花鳥画には相応《ふさわ》しい。

だが、今日は話を聞いただけだという。建設中のホールが自分の絵を飾るのに相応しいかどうか、また施設のセキュリティや設備が万全かなど、まだまだ確認して詰めなければならない点は多くあるからだ。ということは、これからも今村はたびたびこの屋敷にやってくるのだろうか。紗希は静かに俯《うつむ》きながらぼんやりと彼のことを考える。

柳燕が言うように、どこか飄々とした男だった。近頃この屋敷にいて少し息詰まる思いをしていた紗希にとって、いきなり目の前に現われた今村は不思議な存在だった。

外の世界からいきなりやってきて、微笑みながら紗希に声をかけてきた。閉ざされた場所に新しい風が吹き込んできたような気がして、驚きながらも紗希はそのとき大きく息を吸い込むことができた気がしたのだ。

庭を案内しながら話したことはたわいもないことだった。柳燕の客だと知ってきちんと応対しなければと思いながらも、気取らない彼の態度が紗希を無駄に緊張させなかった。

空間プロデューサーという仕事については詳しく知らなかったが、この数年で彼が手がけたホールや店は相当な数に上ることは柳燕から聞かされたばかりだ。その世界ではかなり名前の知られた若手のアーティストということで、芸大の卒業生の中でも成功をおさめているからこそ、学長の紹介を得て柳燕との面会が叶《かな》ったのだろう。

気難しい柳燕が必ずしも気に入るタイプではないかもしれないが、今村は仕事の依頼をするからといって媚《こ》びるような態度を見せる人間とも思えない。

これからどんなふうに柳燕と交渉を重ねるのかわからないが、また彼に会えるなら今朝みたいに話をすることができるだろうか。もし、彼が本当に紗希の絵を見たいと言ってくれたら、自分のアトリエにある絵を見せてもいいと思っている。近頃はあまり自信の持てる絵がなくて、柳燕に見せることも少ないだけに、他の人の評価というものが気になっている。

自分で判断がつかないときは、確かな人の目を頼るしかない。絵の師匠としての柳燕の言葉も貴重だが、第三者の率直な感想というものが聞ければ、何か新しい発見があるかもしれない。

紗希がそんなことを考えていると、柳燕が手を休めてデッサン用の鉛筆を置いた。

「今日はこんなところでいいだろう」

その一言で紗希はようやくポーズを崩し、着物を羽織る。そのまま素早くアトリエの片隅へ行き、そこに置いてある自分の洋服を手に取ったときだった。背後から柳燕がやってきて、しゃがんでいる紗希の背中から手を伸ばしてくる。

「先生……?」

「そのままじっとしていなさい」

言われて、紗希は洋服に手をかけたまま動けなくなる。すると、柳燕は羽織っているだけの着物をするりと引いて落とし、紗希をまた裸にしてしまう。

「近頃、あまり絵を見せにこないな。竹とスズメはどうなっているんだ?」

そうたずねながら、柳燕の唇が紗希の首筋から肩に触れていく。片手は胸へと回り、そこにある突起を確かめるように指先で挟んでは摘《つま》み上げる。

「あっ、せ、先生、アトリエでは……」

こういうことはしない人だったのに、なぜか今日は構わずにもう片方の手を紗希の股間へと伸ばしてくる。昨日の夜あれほど激しく求められたのに、どうして今日に限ってこんな真《ま》似《ね》をしているのだろう。

その理由はわからなくても、紗希には柳燕の手を振り払うことはできない。息を殺し、声をこらえて身をわずかに捩《よじ》っていると、柳燕が耳元で囁く。

「夕食のあとに絵を持ってきなさい。描きかけの下描きでもいい。構図などを見てやろう」

「あ、ありがとうございます」

礼を言いながら、紗希は自分の股間を弄《いじ》る柳燕の手をそっと押さえる。

「先生、お願いします。ここでは……」

万一にも果ててしまったりして、神聖なアトリエを汚してしまうのが怖い。懇願する紗希の体を抱いて振り向かせると、柳燕が唇を重ねてくる。女性との関係を持つこともないまま柳燕に抱かれるようになった紗希だが、こういう口づけの経験も柳燕が初めてだった。

大学のときに酔ってふざけた女の子と唇を合わせる程度のキスはしたことがあったが、柳燕の口づけはそんなものじゃない。

唇を吸われ、舌で舌を搦《から》め捕《と》られ、喉《のど》の奥まで突かれ、ときに紗希は苦しさで涙を浮かべることもある。けれど、じっとそれを受け入れて、柳燕の許可が出るまでは自分から唇を離すことはない。そうしてはいけないと、一番最初に教えられたからだ。

「紗希、今年でいくつになるんだ？」

唇が離れていくと問われて、紗希が答える。

「二十四になりました」

「そうか。年より幼く見えると思っていたが、それでもずいぶんと大人っぽくなったな。描いてももう少年っぽさはなくなった。きれいな顔はそのままで、色香が増していくのは見ていて楽しいものだ」

男の自分に色香などあるのかどうかわからない。けれど、柳燕には彼なりの好みというものがあるのだ。そのせいで、紗希は常に日焼けはしないように、顔に傷を作らないようにと言いつけられている。

それに、去年からは髪を伸ばすようにとも言いつけられた。絵を描くときに邪魔になるので、本当は短いほうがいいのだけれど、逆らうつもりはないから今は毛先を揃《そろ》えにいくだけ

だ。絵を描くときや鳥の世話をするときは後ろで結わえることもあるが、その紐《ひも》を解くことも柳燕が楽しんでいる行為の一つらしい。

「気に入っているのはその容姿だけじゃない。おまえには他の誰とも違う、絵の才能がある。だから、わたしのそばで描くことだけに精進しなさい。間違っても他の男に心をやったりするんじゃないぞ」

今の紗希にとって一番心を砕いていることは、もちろん絵を描くことだ。恋愛など無縁だと思うようになって久しいし、まして同性に対して恋心など抱いたこともない。柳燕に対しては画家として大きな尊敬の念があり、望まれたことによって今の関係があるけれど、他の男の人に気持ちを奪われることなど想像もできなかった。

「僕には絵しかありませんから……」

「だったらいいが、外からきた若い男などに遊ばれて、その体を汚されることのないようにな」

今村のことを言っているなら、なおさらありえない。彼のような、見るからに都会的で洗練された大人の男性が紗希なんかを相手にするわけがない。柳燕らしくもない杞憂《きゆう》に紗希は小さく首を横に振った。

色恋に溺《おぼ》れられるような器用な人間じゃない。本当に自分には絵しかない。だから、柳燕のそばを離れては生きていけない。そんなことはわかりすぎるほどわかっている紗希だった。

◆◆

竹とスズメの下描きはもう何十枚も描いたのに、まだどれも気に入ったものはない。案の定、柳燕にもいい言葉はもらえなかった。

あの日からまた下絵の描き直しが続いているが、一週間経った今も納得のいく一枚はできていなくて、気持ちばかりが焦っている。

鳥は番《つがい》で描くものが多いが、鷹《たか》や鷲《わし》など猛禽類は一羽で描く場合も少なくない。スズメは小禽類であっても番ではなく、一羽や群れで描くこともできる鳥だ。また一緒に描く竹は、梅や桜などとは違い枝が真《ま》っ直《す》ぐなため鳥とのバランスが難しく、なかなかしっくりとくる構図を決めることができなかった。

有名な日本画家の絵を参考に眺めても、それはそれで完成されているが、模倣したのでは意味がない。自分だけの斬新な構図がどうしても見つからず、もう一ヵ月以上悩んだまま筆が進んでいなかった。

その間に柳燕は梅とメジロの絵を仕上げ、先日からコキンチョウを描きたいと言い出したので、急遽《きゅうきょ》新たな禽舎を増設したところだ。今はそこで一昨日《おととい》業者が持ってきてくれた番のコキンチョウを二組飼っている。同じ禽舎にはヤマガラとコイカルも入って、新しく建てた禽舎もあっという間に賑《にぎ》やかになってしまった。

柳燕が望むままに業者からは新しい鳥が調達されてきて、世話をする紗希も大変になるのだが、自分でも珍しい鳥を写生できるのは幸せなことだった。

鳥たちの楽園のような庭では、気がつけば泰山木の枝でヒヨドリが巣を作り、ブナの木をコゲラが突《つつ》いていたり、灌木《かんぼく》の間でキジが餌を探して歩いていることもある。あるときは、特徴的な鳴き声に驚いて見上げた白樺《しらかば》の木の上にフクロウを見つけたこともあった。

飼っている鳥だけでなく、オシドリやヒレアシシギのような水鳥も大切にしてやれば毎年のように戻ってきてくれる。世話をして餌をやる代わり、その美しい姿を写生させてもらう。花鳥画に彩管を揮《ふる》う柳燕にとってはもちろん、同じ道を志す紗希にとってもここはかけがえのない場所なのだ。

そんな何不自由ない場所にいるけれど、もしかしたら屋敷に引きこもってばかりいるのがよくないのだろうかと思った。そういえば、ここのところ自分の絵のこともあるが、柳燕の目が気になって何週間も外に出ていないことに気がついた。最後に屋敷を出たのは、先月柳燕が東京の大学へ講義に行く際に付き添っていったときだった。

柳燕に相談して暇をもらい、一度実家に戻ってみようか。ふとそんなことも考えた。だが、帰ってもきっと両親からいい加減に絵のことは諦《あきら》めたらどうだと説得されるのがオチだろう。

両親の将来を案じる気持ちもわかっているが、自分が絵を諦められないこともわかっている。ただ、このままここにいて毎日が虚《うつ》ろに過ぎていくことが辛かった。

禽舎の中で紗希がぼんやりしていると、水浴びを終えたウグイスの一羽が一声鳴いて禽舎を飛び回り、紗希の肩にとまる。餌の催促をされた紗希が慌ててすり餌を小さな盃《さかずき》に入れて籠の中に置いてやると、喜んでそれを食べにいく。それを微笑ましく眺めていると、屋敷の家事をしている手伝いの女性が庭に出てきて紗希に声をかける。

「津山さん、先生にお客様がお見えになっているんですが……」

「先生に?」

柳燕は昨日から芸大の講義と合わせて、芸術学会の会合に出席するため東京へ出かけている。帰宅は今日の夜になる予定だから客がくるはずはないのだが、アポイントメントを取らずにやってきたのだろうか。

二年以上この屋敷にいるが、柳燕のところへアポイントメントもなしにやってくるような客はいなかった。あるいは、明日の約束を間違えてやってきたのかもしれない。いずれにしても、柳燕が不在のことを告げて帰ってもらうしかないだろう。

それなら紗希が出ていかなくても、来客を伝えにきた彼女に頼めばいいと思ったのだが、なぜか困ったように俯きながら言う。

「それが、先生がいらっしゃらないなら、津山さんにお会いしたいとおっしゃっていて……」

柳燕とつき合いのある人間でも、紗希の名前を知っている人は意外と少ない。柳燕は紗希を連れて歩きたがるが、だからといって紗希が他人に気安く声をかけられたりするのを好ましくは思っていない。今村を庭に案内していたときも、彼が少し親しげな態度を示したことが気に入らなかったのは知っている。

そういう柳燕の態度を単なる独占欲というには抵抗がある。そこまで柳燕が紗希に執着している理由が今でもよくわからないからだ。気に入った鳥を愛でるように紗希を愛でているだけなら、それに驕る気持ちになどなれないし、心から愛されているわけではないと己を戒めざるを得ない。

よしんば心から求められていたとしても、紗希には自分の心がわからないのだ。愛されれば自分も愛するべきなのだろうか。紗希には愛というものが、未だによくわからない。

「お客様のお名前はわかりますか？」

以前会ったことのある人なら、紗希も事情が説明しやすいと思ってたずねると意外な名前が返ってきた。

「今村さんと名乗られていまして、お約束はないとは本人もおっしゃっているんです」

「先日お見えになった、あの今村さんですか？」

紗希が確認すると、手伝いの女性はホッとしたように顔を上げて頬を弛める。

「よかった。やっぱり津山さんもご存知の方なんですね。それじゃ、客間にお通ししておきますので、あとはお願いしてもよろしいですか」

自分の口で客を門前払いすることに抵抗があったのか、彼女はそう言うとそそくさと庭を去っていく。客間に上がってもらうならあまり待たせるのも悪いと思い、紗希も禽舎の鍵《かぎ》をかけてすぐに屋敷へと戻った。着替えまでする必要はないだろうが、鳥の世話をしていたので念入りに手洗いをしてから今村の待つ客間へと向かった。

どうして彼がまたやってきたのだろう。それも柳燕との約束もなく、紗希に会いたいという理由がわからなかった。それでも、なぜか自分の心が少し逸《はや》るのを感じて、気がつけば廊下を歩く足が速くなっていた。

屋敷の中庭に面した客間の前で廊下に膝《ひざ》を着いた紗希は、一声かけてから襖《ふすま》を開ける。部屋の中では今村が床の間の軸の前に立ち、ときには上半身を乗り出すようにしてじっくりとそれを眺めているところだった。紗希が部屋に入っていっても、しばらくはじっとそのままの状態でいたかと思うとおもむろに口を開く。

「いい軸だね。玖珂《くが》有迅《ゆうじん》の晩年の作だろう。晩春のうららかさがなんとも見ていて心地がいい」

今村は相変わらず紗希のほうを振り向かず、軸に向かって腕を組んだままだ。

「それは柳燕先生のお気に入りの一幅なので、この季節には必ず客間にかけるようにしているんです」

説明しながら、今村が軸の作者を知っていたことに驚いていた。玖珂有迅は江戸中期の画家で、味わい深い作品を多く残しているが、日本では有名な画家ではない。むしろヨーロッパでその実力が認められ、昨今になって逆輸入され好事家の間で高値で取り引きされるようになった。

そのため、日本で玖珂作品を見分けられる人物はさほど多くはないはずなのに、今村はあっさりとそれを言い当てたのだ。やはり、伊達《だて》に芸大を出ているわけではないらしく、絵を見る目は相当なもののようだ。

だが、それに感心している場合ではない。柳燕のいない日にやってきた彼の真意がわからずに、紗希は困ったように今村にかける言葉を探していた。もう少し口が達者で、人とのつき合いがそつなくできるなら柳燕の秘書としても役立つだろうに、本当に自分は鳥の世話と絵を描く以外は不器用な人間なのだ。

そんな紗希の胸の内を察したわけではないと思うが、充分に軸を楽しんだ今村はこちらを振り向くと笑顔で言った。

「で、先生は東京に行かれているんだって？」

「は、はい。大学での講義と芸術学会の集まりがあって、昨日から都内のホテルに滞在されています」

もし、今村がまた東京から車を飛ばしてきたのなら入れ違いになってしまったわけで、気の毒に思っていた。ところが、今村は笑ってそんなことはないと手を振ってみせる。

「今はずっとこちらにいるんだよ。とにかく、合田先生を口説《くど》き落とすまではプロジェクトのメンバーにも東京に戻ってくるなと言われているんでね」

そう言った今村は、現在は京都の旅館住まいらしい。それでも、この屋敷までは車で一時間はかかる。おまけに、約束をしていない日までご機嫌うかがいにきていては大変だろう。それほどに今度の仕事には柳燕の絵が必要ということかもしれないが、がむしゃらに喰《く》いついていって了解がもらえるわけでもないだろうから、紗希の口からはなんとも言い難いものがあった。

「お気持ちはわかりますが、今日のところは先生も夜遅くに帰宅の予定ですので、またあためて出直していただくしかないと思います」

恐縮しながら言うと、今村はまるで気にする様子もなく笑顔を浮かべたままだった。

「うん、そうみたいだね。それなら、今日は君の絵を見せてもらえないかな。実は、先日の訪問からずっとそのことが気になっていてね。いても立ってもいられなくなってきたというのが本当なんだ」

あのときの約束をちゃんと覚えていてくれたことに驚いた。そして、今村は柳燕の留守でも落胆するどころか、むしろ好都合のように紗希にあらためて絵を見せてほしいと言う。

自慢して見せられるような絵はないけれど、せっかくここまできてもらって、客間の軸だけを見て帰ってもらうのも申し訳なかった。本当は柳燕の所蔵の絵の一枚でも見せてあげられればいいのだろうけれど、許可なく保管庫に案内するわけにもいかない。

「僕の絵なんかでよろしければお見せしますけれど、本当にお目汚し程度のものですよ」

紗希はそう断っておいたが、今村の思いのほか熱心な様子にすっかり気圧《けお》される格好で席を立った。離れにあるアトリエに向かう紗希の後ろをついて歩きながら、今村はさりげなく屋敷のことや柳燕のことについて質問をする。

柳燕を口説き落とすと言っていたが、そのための情報が少しでも欲しいのだろう。紗希は差し障りのない範囲で、柳燕の好みやここでの生活や日々のことなどを話しておいた。これらの情報を今村がどう使うかは彼次第で、それで柳燕を納得させられるかはその手腕にかかっているということになるだろう。

「で、君はここにきて二年だって言ってたよね。恋人はいるの？」

「え……っ？」

いきなり自分のことに話題が変わったかと思ったら、プライベートなことをたずねられて紗希は困ったように口ごもった。

「あ、あの、今は絵のことしか考えられないですから」

柳燕に抱かれてはいるが、少なくとも恋人という立場でないことは自覚している。だから、そんなふうに答えるしかなかった。

「そうなの？　でも、絵ばかり描いていたら息が詰まるだろう。ときには遊びに出かけたりしないのかい？」

「先生が遠方へお出かけのときは自由に外出できますが、鳥の世話もありますから。本当に時間があれば今は絵を描いていたいので、あまり出かけることもないんです」

紗希の説明を聞いて、今村が少し奇妙な顔をした。何か不自然なことを口にしてしまっただろうかと考えたが、自分ではごく当たり前のことを話したつもりだった。

「じゃ、合田先生がいるときは自由に外出できないってこと？　休みの日とかは決まってないの？」

「あっ、そういうわけではないですが、お手伝いすることも多いので、できるだけ屋敷にいて呼ばれたらすぐにアトリエや禽舎に出向けるようにしているんです。それに、休みは週に一度好きな曜日で取っても構わないことになっていますから」

思わぬ鋭い指摘に、紗希が慌てて言い訳めいたことを口にする。最近、柳燕が紗希の外出についていい顔をしないことを無意識のうちに話してしまい、自分でも少し驚いていた。やっぱり、自分の中でそれがストレスになっているということだろうか。

屋敷から完全に離れたいわけじゃない。柳燕から逃げ出したいと思っているわけでもない。ただ、少しだけここから離れてぼんやりしてみたいときがある。水鳥が屋敷の庭で心地よく過ごしながら、ときには裏の大きな湖で羽を羽ばたかせて飛び回るように、紗希もちょっとだけ今の自分を忘れたいと思うときがあるのだ。

渡り廊下を越えて屋敷の離れまでくると、紗希は振り返って今村に告げる。

「作業の途中のものもあって散らかっていますが、絵は自由に見てくださって結構ですから」

襖を開けるとそこは十畳ほどの和室だが、画材と過去の作品が溢れていて、今描いている途中の絵が床に広げられており、かなり手狭な感じがする。それでも、内弟子の紗希には充分すぎるほど恵まれたアトリエだ。さらに、襖で仕切られた奥の六畳の和室はプライベートな部屋として使わせてもらっている。普段眠っているのもその和室だった。

柳燕のアトリエはここの三倍以上はあり、さらに隣接する和室を広げればどんなに大きな作品でも広げられるだけのスペースがある。紗希はそんな柳燕の創作現場に立ち会えるほぼ唯一の人間だが、近頃ではそこで裸を晒してモデルを務めることのほうが多いのは残念に思っている。

「スズメと竹の絵だね」

まずは部屋の中央に広げられた描きかけの絵を見て今村が呟く。でも、それはまだ構図が固まったものではない試作品だ。そのことを言うと、今村はその場にしゃがみ込みスズメのデッサンを見る。

「スズメはいいね。この間のスケッチもよかったけれど、なんとも愛らしい感じがよく出ている」

そう言ったものの、しばらくするとなぜか首を傾《かし》げてみせる。

「愛らしいんだが、どうしてだろうな。なぜか退屈そうだ。というか、不自由そうだね。地面で餌を啄ばんでいるにしても、このスズメは飛んでいく気がしない」

ギクッとした紗希が息を呑む。なぜ今村はそんなことを口にしたのだろう。それが見たままの印象だからだろうか。だとしたら、紗希が胸の内に秘めているものを見抜かれたようで、急に今村に自分の絵を見せるのが怖くなってしまった。

「じゃ、他の絵も見せてもらえるかい？」

いささか怖気《おじけ》づいたようになっていた紗希だが、いまさら見せたくないとは言えない。仕方がないので、ここへきてからの作品を順番に見せていくと、今村の表情から笑顔が消えていく。

やっぱり、期待したほどではなかったと思われているのだと気づき、紗希は惨めな気持ちのまま壁に立てて重ねていた絵を、一枚ずつこちらに向けて並べていった。

きっと適当な愛想の一つも言って、帰っていくのだろう。柳燕の内弟子といっても、しょせんは小間使いでしかないと思われたなら残念だが、それが第三者から見た自分の実力なのかもしれない。ただ、柳燕の顔を潰《つぶ》したとしたら申し訳ないと思うし、勝手に客人に自分の絵を見せてしまったことを今は深く後悔していた。

ところが、しばらく黙って絵を見比べていた今村は、ふっと表情を弛めると古い作品から順番に指差して言葉を選びながら言う。

「うん、そうか。徹底した写実と個性の融合だな。とても興味深い。この絵とこの絵は写実が勝っているけれど、個性的な造形美を組み込もうとしているのが、枝ぶりや鳥の表情に出ているような気がする。こちらの絵はさらに写実的だな。でも、まだヒレアシシギの動きに何か惹きつけられるものがあるよ。なのに、こちらのスズメはもはや完全な写実だけだ。かなり概念的な見方をしているというしかないのかな」

紗希が心底驚いたのは、今村のコメントがあまりにも的を射ていたからだ。今まさに自分が悩んでいることを、この屋敷へきてから描いた作品を順番に見ただけで言い当てた。いったい、この人の感性の鋭さはどれほどのものがあるのだろう。

絵描きではないが空間を創造するという芸術に携わり、一流の称号を得ている人間というのはやはり違うのだと思い知らされていた。

「あの、おっしゃるとおりだと思います。その葦《あし》の中にいるヒレアシシギの絵はここへきたばかりのときに描いたものです。こんなきれいな鳥を間近で見たのは初めてで、とても感動して夢中でスケッチをしたときのものを作品にしたんです。荒削りな部分があっても、自分では気に入っている作品ですし、柳燕先生にも誉めていただきました」

屋敷で新しい鳥を見るたびに嬉しくて筆を取っていた紗希だったが、少しずつ迷路に入ってしまったかのように思い切った絵が描けなくなってしまった。理由は自分でもわからない。ただ、迷っているのなら、初心に戻って徹底的に写生をすることだと柳燕に言われ、今はそれを忠実に守っている。だが、迷路から抜け出す方法は未だに見つからないままだ。

紗希の言葉を聞いた今村は深く頷くと、今度は部屋の片隅に立ててある秀作に目を向けてたずねる。

「あそこの絵は？　葡萄とあの鳥は黒鶫だよね？　どこかでよく似た絵を見た気がするんだが、気のせいかな」

それは、紗希が大学の卒業制作として描いた「葡萄と黒鶫」の習作の一つだ。作品は大学の買い取りとなっているので、自分の手元にはこの習作だけを残してある。そのことを話すと、今村は思い出したように小さく手を打った。

「そうか。大学の所蔵作品のカタログの中で見たんだな。どうりで覚えがあるはずだ」

それから、その絵の前に立った今村はしばし無言で眺めていたが、いきなり紗希のほうを振り返るとたずねる。

「ところで、今日の午後は何か予定があるのかな。よかったら、一緒に昼食でもどうだろう」

「えっ？」

唐突な誘いに紗希は言葉を失ったまま今村を見る。

「実は、去年手がけた創作フレンチの店が近くにあるんだ。絵を見せてもらったお礼に、今度はわたしの仕事も見てもらいたいしね」

「で、でも……」

そう言われても、今村はあくまでも柳燕の客であって、紗希が個人的に食事をするなんて考えてもいないことだった。なんと返事をしたらいいのか戸惑っていると、今村は少し悪戯《いた ずら》っぽい表情で紗希の顔をのぞき込むようにして訊く。

「せっかくここまできて、帰りの道中一人で昼食というのも味気がない。それに、合田先生が留守なら自由に外出してもいいんだろう？」

そう言われると断りづらくなってしまった。あまり頑なな態度だと、いかにも自分が柳燕に縛られているような印象を与えてしまうし、それが事実なだけに今村にはそう思われたくないという気持ちがあった。

紗希は少し考えてから、その誘いを受ける決心をした。そんなに大げさに考えなくても、ちょっと屋敷から出て食事をしてくるだけだ。柳燕は夜まで帰ってこないから、黙っていればばれることもない。どうせ、柳燕が不在のときの昼食は自分で作って食べている。屋敷の者には、今村を駅まで送ってくるとでも言えば奇妙に思われることもないだろう。

「わかりました。では、おつき合いさせていただきます」

そう言うと、紗希は今村にアトリエで待っていてもらい、自室に入って出かける用意をしてきた。

今村は今日も都会で活躍するアーティストらしく、春物の洒落《しやれ》たスーツをカジュアルに着こなしている。スーツだけじゃなく、時計や胸元のポケットチーフ、小指のリングなど身につけているものすべてがよく選び抜かれていることがわかる。同じ芸術に携わっていても絵描きとはまるで違う雰囲気をかもし出していた。

ごく近隣で買い物や用事を済ませに出かける以外柳燕としか外出しない紗希は、控えめで清潔感のある服装を心がけているが、お洒落かといわれればまるで自信がない。でも、気取ったところでどうなるものでもないし、いつもの白いシャツに柳燕に買い与えられた春らしい色のジャケットを羽織ってアトリエに戻った。

それから、手伝いの人には客を送ってくるとだけ伝え、今村の車に乗って屋敷を出たのはちょうど昼前だった。

「さてと、今からならちょうど昼頃に店に着けるな。食事をしたら、少しドライブにもつき合ってもらえるかい？　こっちじゃ知り合いがいなくて、結構寂しい思いをしているんだ」

今村は冗談っぽく言うが、助手席に座っている紗希はひどく緊張している自分に気づいていた。ここのところ柳燕以外の誰かと出かけることがなかったからといって、二十四にもなって人馴《ひとな》れしないにもほどがある。

そんな自分に自分で呆《あき》れながら苦笑を漏らすと、チラッと運転席の今村の横顔を見る。端整な容貌に、恵まれた才能。もちろん、努力を惜しまなかったからこそ今の地位があるのだろうけれど、きっと運というものを味方にする術《すべ》を知っている人のような気もした。

こういう天から二物以上を与えられている人間もいるのだと思うと、紗希は自分の中途半端な容姿と絵の才能に溜息をつきたくなる。

そして、そんな彼がなぜ自分を食事に誘ってくれるのか、あらためて考えてしまう。今度の文化ホール事業の件で柳燕から色よい返事をもらうためにしても、紗希のご機嫌などうかがってもたいして得はないということくらいすでに気づいていそうなものだ。

それとも、本当に暇潰しの相手が欲しいのだろうか。黙っている紗希に今村はときおりこちらを見ては微笑みかけてくれる。

「さっき、アトリエで見せてもらった絵だけど……」

車を走らせながら、今村が紗希の作品について語ろうとして一度口をつぐんでしまった。期待外れの絵に対して適当な言葉を探しているのかと思い、紗希は何を言われても深く傷つくことのないように覚悟をする。目が確かな人だと思うだけにあまり強烈なことを言われたら、さすがに立ち直れなくなると困ると思ったからだ。

ところが、俯きながらこっそり奥歯を嚙み締めていた紗希に対して、今村は予測していたのとはまったく逆の言葉を口にした。

「実は思った以上だったので、驚いているんだ。いや、先日デッサンしているところを見せてもらってかなり期待はしていたんだが、想像していた以上によかった。あくまでもわたしの個人的な意見だが、昨今の合田先生の作品より君の絵のほうに魅力を感じるくらいだ」

驚いた紗希が思わず顔を上げて今村の横顔を凝視すると、ハンドルを切りながら一瞬こちらに向けられた視線と目が合った。そして、彼の視線を受けたとき、けっしてお世辞や愛想で言ってくれているのではないとわかり、紗希はカッと頰を熱くする。これほどまでに率直な誉め言葉を聞いたことはなくて、恥ずかしさと照れくささで身悶《みもだ》えしたい気分になってしまった。

「あ、あの、絵は見る方の好みというものがありますが、先生と比べられるのはさすがにまだまだ分不相応だとわかっていますから……」

「そんなことはないさ。特に、『葡萄と黒鶏』はよかった。それに、屋敷にきて初期の頃のものは新しい可能性が垣間見《かいまみ》える。ああいう独自性をもっと追求していけばいいんじゃないのかな」

でも、それをやっていて行き詰まりを感じてしまったのだ。紗希が困ったように俯くと、今村は励ますように言葉を続ける。

「まぁ、悩む時期というのがあるということもわかる。でも、創造に向き合っている限り、悩んだ分だけ成長できるはずだ。畑違いの人間ではあるけれど、美の追求に関しては同胞でもあるわけだし、十年ばかり先輩として言わせてもらうなら、行き詰まったときは一度投げ出してしまっても構わないと思うよ。まったく違うことをしたり、いつもと違う場所に出かけたりすればいい。そのうち、また絵が描きたくてどうしようもなくなるから、そのときに筆を持てばいいんだよ」

今村はどんなに仕事に追われていても、自分のアイデアが枯渇しそうになれば何もかも投げ出して逃げ出すのだそうだ。そうして、短ければ三日、長くても一ヵ月ほどで何かを創りたくなって、体と心が疼き出すのだという。そんなときにデザインを描くと、おもしろいくらい斬新なものができるらしい。

「でも、僕は絵筆を置くのが不安なんです。一度置いたら、もう二度と描けなくなるんじゃないかって思えて。それに、違う場所に行く勇気もないですし……」

今村が思いのほか赤裸々に自分の創作スタイルについて話してくれるから、紗希もまた正直に自分の中の不安を口にしてしまった。すると、彼はけっして呆れた口調ではなく、妙に納得したように頷くと言う。

「君はとても繊細で、まるで臆病な野鳥のようだな。きれいな羽と鳴き声で人を魅了するのに、そばに行けばすぐに飛び立ってしまいそうなところもそっくりだ」

「そんな……」

臆病というのは当たっているけれど、紗希には人を魅了する羽や鳴き声の代わりになるような魅力などありはしない。

「でも、いきなりの食事の誘いは断らないでくれてよかったよ。このまま肩にとまるくらいになってくれれば、もっと楽しそうだ」

「本当に、僕は野鳥じゃないですから。食事のお誘いを受けたのは先生の留守にご足労いただいたのに、そのまま帰っていただくのは申し訳ないと思ったからで……」

「えっ、そうなの？　じゃ、本当は食事になんか誘われて迷惑だったかな？」

今村が本気で心配そうにたずねるので、紗希は慌てて自分の口を押さえてしまった。言わなくてもいいことを口にしてしまったと後悔したが、すぐに今村が少しばかり意地の悪い笑みを浮かべているのに気がついた。からかわれているのだと知って、紗希は拗《す》ねたように顔を背けてしまった。

柳燕の大切な客だということも忘れて、つい大人げない態度を取ってしまったが、彼も案外人が悪いところがあると思う。そんな紗希を見て、今村は冗談が過ぎたと思ったのか一言謝ってから言う。

「でも、少しは君の本音が聞けた気がして嬉しかったのは本当なんだよ。合田先生とはぜひ仕事をさせてもらいたいと思っているけれど、今回は君のような若い才能溢れる絵描きに出会えただけでも、東京からやってきた甲斐《かい》があったと思っているんだ」

詫びの気持ちが含まれているにしても、そこまで言われては紗希もいつまでも拗ねているわけにもいかなかった。それに、こんなにもストレートに紗希の絵を評価してくれた人は久しぶりで、なんだか少しだけ心が軽くなった。

先日、初めて今村と会ったときもそうだが、彼の自然体と飾らない話しぶりや態度はとても紗希を落ち着かせてくれる。そして、彼といると誰にも言えないと思っていた胸の内を、気がつけば言葉にしている自分がいた。

過剰な誉め言葉を鵜呑みにして有頂天になろうとは思わないが、こころのところすっかり自信をなくしていただけに、やっぱり励みになる言葉は聞いていて嬉しいものだった。

その日、今村が連れていってくれたレストランは彼がデザインしたという店で、湖のほとりにある古い修道院のようなレンガ造りの建物だった。実際、百年ほど前まではアメリカの宣教師が暮らしていたそうだ。なのに、一歩中に入ると驚くほどモダンなテーブルと椅子《いす》が並んでいて、照明は和紙で作られたもので統一されていた。

ありとあらゆるものがまったくバラバラのようでいて、すべてがその場所で溶け合ったような、なんとも奇妙でいて心地のいい空間だった。これが空間をプロデュースするということなのかと、紗希は今村の仕事の複雑さとすごさをこの店だけでも充分に計り知ることができた。

また、その店で出されたフランス料理もどこか和のテイストがあって、お洒落なのに気取らずに食べられる美味《おい》しいものばかりだった。

「シェフは日本の料亭で修行したあと、フランスに渡ってフレンチを勉強した人なんだ。両方の腕を充分に備えてから自分の店を出そうと思ったとき、納得のいく素材が手に入る場所を探していたら、ここに辿り着いたそうだ。仕事としては小さなものだったけれど、自分的にはとてもやり甲斐があったので、この空間は今でも気に入っているんだよ」

「驚きました。僕は本当に絵のことしか知らないから、空間プロデュースというのがどんなものか、あまりよくわからずにいたんです。でも、今村さんが手がけるホールなら、きっと柳燕先生の絵の魅力を最大限に引き出せるんじゃないかと思います」

「自信はあるんだけどね。合田先生をどうやって納得させるかだ。自分の作品に関しては、いっさい損得抜きの方だけに、中途半端な説得で応じてくださるとは思えないからね」

祖父の代から資産家だっただけに、柳燕は絵描きといっても金に苦労したことのない人なのだ。それだけに、儲《もう》け話だからといって動くようなことはいっさいない。また、地位や名誉ももう充分手に入れているから、そういう勘定もまるでない。

純粋に絵のことを考えて、今村の仕事にイエスかノーの返事をするだけだ。それは紗希も重々わかっているので、安直に自分の口から大丈夫だろうなどとは言えやしない。

自信はあるという彼の言葉は驕りではなく、自分が積み重ねてきたものを信じているから言えるのだろう。そんな彼に、柳燕がぜひ色よい返事をすればいいのにと紗希も願っていた。

食事のあとは琵琶湖の周辺をドライブして、近くの山の上にある西国巡礼の札所にもなっている寺へ行った。そこでまだ固い桜の蕾を見て、早春の風の冷たさとすがすがしさを堪能《たんのう》した。

屋敷から車でわずかに一時間もかからないところなのに、湖を高い位置から見下ろしているだけでなんだかとても遠くへきたような気がして、紗希の心はすっかり解放感を味わっていた。

「普段とは別の場所から眺めるだけでも、ずいぶん景色は違って見えるだろ。人間だって鳥と同じだ。自由に動けるんだから、どこへでも行って見たいものを見たい場所から見ればいい。そうすれば、きっと新しい発見があるもんさ」

今村の言葉に、紗希はまた不思議な安堵《あんど》感を覚えた。行きたいところへ行けばいい。たったそれだけのことなのに、紗希にもそれができると言われると、自分の気持ちが強くなれるような気がした。

結局、食事のあとも夕方まで今村と一緒に楽しい時間を過ごし、屋敷に送ってきてもらったときはすでに五時を回っていた。柳燕が不在の一日は思いがけない休日となったが、たまにはこんな日があってもいいのかもしれない。

屋敷に戻った紗希は心が高揚したまますぐにアトリエに入り、あらためてスズメの絵を何枚か描いてみた。気持ちの変化が絵にも表われないかと思ったが、やっぱりうまく描けなかった。そんなに単純なものじゃないと苦笑を漏らしながらも、なぜかいつものように気持ちが焦ることもない。

ずっと行き詰まっていた先に、何かが見えそうな気がしているだけでも充分だ。この一ヵ月の苦しみを思えば、たったそれだけの進歩でも今は上出来だと思えた。

その夜東京から帰ってきた柳燕は少し疲れたと言いながらも、紗希を寝床に呼んだ。湯を使ってから柳燕の寝室に行くと、寝床で抱き締められながら今日一日のことを訊かれる。紗希を伴わずに出かけた日は、必ずこうして一日のことを詳しくたずねる。

「佐伯《さえき》鳥類園から注文していたミヤマホオジロが入荷したと連絡がありました。二、三日中に持ってきてくれるそうです。それから、庭にウズラの巣を見つけました。まだ新しいもので、鳥の姿は見ていませんが、住み着いてくれたらいいと思います。ウズラは鳴き声もきれいなので……」

今村と出かけたことは言わない。柳燕の許可なく勝手な真似をしたと責められたくないからというのもあるが、これは今村のためでもある。柳燕の機嫌を損ねて、彼の交渉がうまくいかなくなっては気の毒だ。だから、彼にも今日のことは柳燕に言わないでほしいとそれとなく頼んでおいたし、今村もなんとなくだが納得をしてくれた。

「絵のほうはどうだ?」

「スズメはまだ飛べそうにありません」

紗希は今村の言葉を思い出して、ついそんなふうに表現してしまった。それを聞いて、一瞬柳燕が怪訝《けげん》な顔をしたが、ふと表情を弛める。

「確かに、おまえの描いているスズメは飛ぶことを忘れているような感じだな。だが、それに気づいたなら大きな進歩だ。スズメはどんな場所にでも住める。野鳥の中でもとりわけ自由だ。絵の中で存分に飛ばせてやるといい」

飛ばせてやりたいのに、紗希の筆がそれを封じてしまっている。そんなつもりはないのに、描いても描いてもスズメは地面で餌を啄ばんでいた。

「さぁ、うつ伏せになって腰を上げなさい」

すでに裸の紗希は言われたとおりの格好になって、柳燕が覆い被《かぶ》さってくるのをじっと待つ。だが、その前に双丘が割り開かれて、そこに指先が潜り込んできた。

「うっ、く……ぅっ」

微かな声を漏らしながら、紗希は両手でシーツを握り締める。この独特の感覚と鈍い痛み、そしてやがて込み上げてくる疼きに体が自然と硬くなる。

「紗希、後ろを弛めないと指も入らないぞ。どうしたんだ、今夜はいつもと違うな」

「い、いいえ、そんなことはないです」

柳燕の言葉に内心ドキッとして、懸命に体を弛緩《しかん》させようと息を吐く。すると、受け入れることに慣れた体は、すぐに柳燕の指を呑み込んでいった。

「あ……っ、んんっ、あっ」

体の中をまさぐられると、言葉にならない快感が全身を支配していく。この二年で教え込まれた官能に、体が自然に反応する様を柳燕は淫《みだ》らでいて艶《なまめ》かしいと言う。こんな自分がいることを紗希自身が今でも受けとめ切れないでいる。

これが本当に自分の望んでいることかどうかがわからない。この快感に流されてもいいのかどうかもわからない。柳燕という大きな存在に包み込まれていると、自分の周囲が見えなくなってしまうような気がする。

柳燕の腕の中にいながらも今村と過ごした午後を思い出せば、紗希の心は言葉にならない戸惑いを覚える。今日も突然現われた彼は、紗希の絵を見て好きだと言ってくれた。そして、ほんのひとときとはいえ、この屋敷から紗希を連れ出してくれた。その人にだけはこんなふうに乱れている自分を知られたくはないと思った。

彼という人をもっと知りたいと思いながら、自分という人間をあまり深くは知られたくない。身勝手な思いかもしれないが、案じるまでもなくそのとおりにしかならないだろうという予感もある。

今村はこれからも柳燕の客として屋敷に顔を出すだろう。けれど、文化ホールの仕事が終われば、関西を離れて東京に戻ってしまう人だ。紗希の人生にとって、彼は通りすがりの人でしかない。

そう思いながら、紗希は柳燕の熱が体の奥に打ち込まれるのを感じて、たまらず甘い声を漏らす。確かに、淫らな自分がここにいる。抱かれるほどに、己を見失っている自分がいるけれど、それをいまさらどうすることもできやしないのだ。

◆◆

柳燕が不在の間に今村と出かけてから数日後のことだった。

紗希が朝の鳥の世話を終えてから庭の辛夷《こぶし》の花をスケッチしていると、柳燕が鳥のスケッチのために禽舎にやってきた。紗希が急いで柳燕のところへ行くと、どの鳥をスケッチするのかをたずねる。

個々の籠に入れてある鳥ならスケッチをしやすいように大きめの鳥籠に移してやり、柳燕のアトリエに持って行かなければならないからだ。だが、今日は禽舎の鳥を眺めただけで、水辺のほうへと散策に向かう。

「辛夷を描いていたのか？」

「はい。よく咲いているので、今度雨が降ると散ってしまうでしょうから」

木蓮を一回り小さくしたような辛夷は白いはかなげな花に見えるが、肉厚があり案外風雨に耐える。だが、それもこの数日が限界だと思ったので、急いでスケッチをしていたのだ。

柳燕は紗希のスケッチを見てよく描けていると誉めてくれると、さらに庭の奥へと向かい黄色い実をたわわにつけている金柑《きんかん》の木のそばまでやってきた。そこでしばらく眺めてからおもむろにスケッチブックを開いたので、紗希が急いで三脚と折りたたみ式の椅子を取ってきた。

そこに腰かけた柳燕は無言で金柑の写生を続ける。春とはいえまだ空気は肌寒いが、柳燕は黙々と鉛筆を動かしている。写生をしているときの柳燕の集中力は驚くべきものがあった。もう六十を超える年だが、庭に出て写生しはじめると暑さ寒さはいっさい忘れてしまうらし

えたことはない。

夏の最中の炎天下でも、真冬の雪がちらつく中でも、描きたいと思ったものがあるとそこを微動だにせずひたすら写生を続ける。そばで見ている紗希のほうが熱中症で倒れそうになったり、寒さで肺炎を患いそうになったことがあるくらいで、柳燕がそれで体の不調を訴えたことはない。

今もまた自らが自然に溶け込んでいるかのように、ひたすら金柑の写生をしているのを見つめていると、合田柳燕という画家の素晴らしさをあらためて認識させられる。

金柑の濃い緑の葉とぷっくりと生った黄色い小さな玉のような実が、枝先に垂れ下がるほどついていて、まだひんやりとした空気の中で力強い生命力を感じさせている。その様を柳燕がスケッチブックに写し取っていくと、そこには邪魔なものが省かれて見事なまでの「美の構成」が浮かび上がっていく。

息を殺すようにその絵を見つめていた紗希だが、気がつけば胸の中で大きな溜息を漏らしていた。ただ単にものの形を写すだけではない。対象物の真髄をつかんで本質に迫ることで、それが持つ内に秘められた美しさまで引き出していく。

こうして見ていると、紗希の柳燕に対する尊敬はやむことがない。いつか自分もこの人のような境地に達することができるのだろうか。少しでもそれに近づきたいと思うし、そのためにはどんなことでもしようと思うのだ。

やがて一時間ばかりそこでスケッチをしていた柳燕が椅子から立ち上がる。彼にしては区切りをつけるのが早いほうだった。長いときは二時間、三時間とその場を動かないこともあるのだ。

スケッチブックを閉じると、柳燕はなぜかそれを椅子の上に置いて紗希へ手を出した。

「すっかり指先が冷えてしまったな」

そう言いながら紗希の頬にそっと触れる。言葉どおりその指先はとても冷たかった。紗希はその指を両手で挟むと自分の胸元に引き寄せて温める。この指があの素晴らしい写生をして、見る者に感動を与える花鳥画を描くのだから、大切に守っていかなければならないと思う。この気持ちに嘘《うそ》や偽りはない。でも、この指は寝床で紗希を乱れさせることもある。そのことが紗希を不安にさせるのもまた事実だった。

「紗希、おまえは美しくて温かい。わたしはおまえが愛《いと》しくてたまらないんだ。大学で初めて出会ったときよりも、この屋敷に呼んで住まわせることにしたときよりも、日々その思いが強くなっていくよ」

「先生……」

これまで一度も結婚することのなかった柳燕だが、若い頃は有名な女優や京都の芸妓《げいぎ》らと浮名を流したという話は案外有名だった。もちろん、紗希の耳にも入っているし、中には今でも新年の挨拶《あいさつ》状を送ってくる人もいる。

だが、今ではすっかり女性関係はなくなっていて、合田柳燕は鳥とともに残りの人生を送るつもりだと周囲の誰もが思っている。

「この年になってみると、これほど美しいものに囲まれて暮らしていても指先だけでなく、心が冷たくなるときもある。おまえにはどこへも行かず、ずっとわたしのそばにいて温めていてほしいと思っているよ」

柳燕は冷えた指先になぞらえて語ったけれど、その気持ちは紗希にもはっきりと伝わった。誰よりも尊敬している人だから、望まれればそばにいたいと思う。これはとても幸せなことなのだとわかっていながら、紗希の心には本当にそれを受け入れていいのだろうかという迷いもある。

「先生、僕は……」

愛されて必要とされていることを教えられたのは嬉しかったが、愛することを知らないまま柳燕に応《こた》えることができない。紗希が言葉を詰まらせてしまうと、柳燕は珍しく頬を弛めてみせる。そっと両手の間から抜き取った手でずいぶんと伸びてきた紗希の髪を撫で、いつの間にか頬を伝っていた涙を指先ですくい上げてくれた。

早春の空高く山へと向かって雲雀《ひばり》が飛んでいく。そのうららかな独特の鳴き声を聞きながら、紗希は自分のこぼした涙の意味を言葉にすることができなかった。

久しぶりにゆっくりと庭で写生をしたその日の午後だった。スーツ姿に着替えた柳燕が出かけるというので、紗希も同行することとなった。

　午後の外出の予定は聞いておらず、突然のことで行き先も知らないまま柳燕とともに車に乗り込むと、専属の運転手はすでに目的地を聞いているらしく無言で車を走らせた。

「先生、今日はどちらに？」

　車が京都方面に向かっているのを確認して、紗希がたずねる。

「例の文化ホールの件で、現地を見せてもらう約束になっている。前々から都合のいい日を訊かれていたんだが、今朝思い立ったので少し急なことになってしまった」

「では、今村さんとお会いになるんですか？」

「ああ、京都のホテルで待ち合わせている。そこで詳しい話を聞いて現地を案内してもらうことになるだろう」

　今村と会えるのだと知って、紗希の胸の動悸《どうき》が少しばかり速くなる。

　先日一緒に出かけた日、屋敷まで紗希を送ってくれた今村は、また時間があればぜひ一緒に出かけたいと言ってくれた。紗希もそんな機会があれば嬉しいと答えておいた。もちろん、紗希に特別な気持ちなどなかったし、今村もそうだと思う。

　ただ、あの日屋敷を出たことが紗希にとっては思いのほか心安らぐ出来事だったので、もう一度彼と会っていろいろな話ができればいいと思っていた。

　それでも、具体的な約束ができなかったのは、柳燕の許可を得ることが難しいとわかっていたからだ。今村も紗希の立場を理解してくれたのか、あの場では無理に次の約束を取りつけるということはなかった。

そんな今村とまた会える。予期せぬ出来事に、紗希は柳燕の隣にいてそっと逸る自分の胸を抑えていた。

「ところで、おまえは今度の話をどう思う？　屋敷で保管している絵を定期的に貸し出して多くの人に見てもらうのは望むところだが、文化ホールといっても地方の一箱物《いちはこもの》の賑やかしに使われるのは本意ではないからな」

車の中で柳燕が珍しく本音を呟いた。紗希も柳燕の絵は安売りするものではないと思っている。しかるべき環境と設備が整っていて、ホールのコンセプトが納得のいくものならいい話だとは思うが、今の段階では判断は難しい。

ただ、一つだけ確信を持てるのは、今村が携わっている仕事なら信用しても大丈夫ではないかということだった。

この間は比較的小さなレストランだったが、彼のプロデュースの力を見て、この人は本物だと思った。日本画に関する造詣《ぞうけい》も深く、真偽や本質を見極める目もある。きっと柳燕の絵をあずけるのに相応しい空間を用意してくれるのではないかと思う。

「今村さんからの説明で充分納得がいけば、悪いお話ではないと思います。個展以外で先生の絵がまとめて常時展示されるのは初めてのことになりますから、喜ばれる方も大勢いらっしゃるんじゃないでしょうか」

紗希があまり今村の実力を強調することのないよう気をつけて言うと、柳燕も頷いている。

そのまま会話は途切れて約束のホテルに着くと、今村はロビーまで下りてきて柳燕を迎えた。

「ご足労願い恐縮です。本当なら資料などを持ってこちらからおうかがいするべきだったんですが、現地をご案内する前にぜひ見ていただきたいものがありまして」

いつものように仕立てのいい洒落たスーツ姿の今村だが、以前柳燕が不在中に屋敷にきたときとは違い、今日はネクタイも締めている。

そのとき、紗希は彼があの日柳燕の不在を承知で屋敷にやってきたことに初めて気がついた。柳燕に会うつもりなら、あの日もネクタイを締めてきたはずだ。それなのに、屋敷を訪問するにもかかわらずノーネクタイだったということは、最初から紗希に会うことが目的だったのだろうか。

考えすぎだとは思いながらも、柳燕と会話を続ける今村の顔をチラッと盗み見る。仕事の話をしているときの彼は柔和な笑みを浮かべながらも眼差《まなざ》しは真剣で、人の心をしっかりと惹きつけるような丁寧で真摯《しんし》な言葉遣いを心がけているのがわかる。

今最も活躍を期待されているアーティストであることを鼻にかけるような様子はなく、先立って柳燕をホテルの最上階へと案内していく。紗希も柳燕の後ろに従いながらついていくと、山の上に建つホテルの十四階までやってきた。そのフロアは南西の方角に面して大きく開けたガラス張りになっており、階下には湖を見渡す素晴らしい景色が広がっている。

「昼間はカフェテリアとして営業していますが、夜はバーとなります。ここのデザインもわたしが手がけたものです。湖という借景を利用して、自然を身近に感じられる解放感のある空間にしたかったんです。もちろん、ここはホテルの最上階ですしバーですから、湖に隣接して建設される今度のホールとは趣きは違いますが、ある意味条件は似ているので参考になるかと思い、まずはここをお見せしようと思ったんです」

今村の説明を聞きながら、柳燕と紗希は窓際の一番湖がきれいに見える場所へと案内された。そこで席に着くと、ウェイターがやってきてオーダーをたずねる。

店にメニューはない。客のどんな注文にも必ず応えることができるようにしているからだそうだ。柳燕はこういう場所ではきまってダージリンのファーストフラッシュをストレートで頼む。紗希はオレンジペコをミルクと一緒に注文し、今村はエスプレッソを注文していた。

「このホテルは何度か利用したことがあるが、ここは初めてだな。なかなかいい場所だ。高いところを飛ぶ鳥を上から見ることができる場所というのは、そう多くはないからな」

こんなときでも鳥のことを口にする柳燕に、今村が笑った。

「寝ても覚めても鳥のことばかり考えていると、美術誌のインタビューでお答えになっていらしたとおりですね」

「鳥と花のある場所が一番いい。この年になってみて、いよいよ心からそう思っているよ」

「先日寄せていただいた先生のお屋敷の庭は、まるで野鳥の楽園でした。東京からきたわたしには、あんな場所があるなんて夢のようですよ。それに、津山くんがよく世話をしている禽舎も素晴らしい。鳥たちがストレスを感じることなく過ごしているのを見ると、籠の中にいても幸せな鳥もいるのだと思えました」

これまで柔らかな口調だった今村だが、わずかとはいえ言葉尻に何か強いものが感じられたのは気のせいだろうか。だが、それを受けて柳燕もまた意味深な笑みとともに頷いてみせる。

「自然は美しいが厳しいものだ。そこですべての鳥が生き抜いていけるわけでもない。禽舎の中で穏やかに生きていくのが幸せな鳥もいるということだ」

そう言うと、柳燕はなぜか隣に座っていた紗希の手を取ってしっかりと握り締める。

「紗希、おまえもそう思うだろう?」

こんな場所で自分の意見を言うように言葉を向けられるとは思わなくて、紗希は少し慌てながらも俯いて頷いた。そうするしかないのが紗希の立場だった。

「知っているかな、今村くん。メジロは小さな鳥だが、高いところを長距離飛ぶことができる。だが、羽の上部にある風切羽を二枚抜いてしまうと遠距離は飛べなくなるんだよ。そうやって大切に飼ってやる。愛でるということは、そういうことだ」

柳燕の言葉を聞いてハッとしたのは、今村よりも紗希のほうだった。今朝、この髪と頬を撫で、そばにいるように言われた紗希は思わず涙を流してしまった。涙の意味はわからないままだったが、もしかして自分が風切羽を抜かれたメジロなのだろうかと思ったのだ。

「禽舎の鳥たちは紗希によく懐いている。野鳥でも心をかけてやれば、いずれは手や肩にとまり餌をねだるようになる。大切にしてやれば、その美しい姿を写生させてくれる。ありがたいことだと思っているんだよ」

そんな柳燕の言葉に、紗希は自分の胸の奥で芽生えた疑念をすぐに振り払う。自分は羽を抜かれた鳥ではない。そんなわけがない。柳燕という尊敬する師のもとで好きな絵を描いているのは、自らが望んだことだ。

今村が向かいに座っているのに、それでも柳燕は紗希の手を握ったまま話を続ける。

「このスペースの借景を利用した大胆なデザインには感心しているよ。君の仕事の評判は昨今わたしの耳にもよく入ってくる。特に、海外の有名博物館で開催された日本画展のときには、その空間プロデュースの腕を高く評価されていることも聞いているよ」

紗希もあれからインターネットなどで調べたが、柳燕の言うとおり今村の仕事で多いのは、海外で催される日本を紹介するイベントなどの会場をプロデュースすることだった。中でもヨーロッパの有名な美術館、博物館における仕事では、マスコミがこぞって特集するほどの存在となっていた。

「海外ではオリエンタルなものへの憧憬《どうけい》がありますから、その点は差し引いてもらって結構です。でも、あえてこの場所にお連れしたのは、先生のお膝元というごまかしのきかない場所で仕事をする覚悟があるということを、まずは理解してもらいたかったからです」

今村の言うように、このホテルのバーは立地条件を最大限に生かしてデザインされている。そこには微塵《みじん》の妥協もなく、自然との融和が感じられた。今村の自信がうかがえるスペースだと紗希も思ったし、きっと柳燕もそれを感じているのだろう。

「現地へ案内してもらおうか。わたしの絵を置くのに相応しい場所なら、あとは君の実力次第ということになるだろうな」

それは快諾とは言えないものの、かなり前向きな返事であることには違いなかった。もちろん、これ以外にもセキュリティや設備の問題があるけれど、それらは予算と技術的な部分で今村たちが組んでいるプロジェクトチームが提示してくるのだろう。

まずは、この話そのものに同意する意思があるかどうかという点において、今村は柳燕のイエスを得たということになる。

「では、今から現地へご案内させていただきます。現在地盤の水抜き作業を行っていて、まだ建物を見ていただく段階ではないですが、こちらのカタログにあるものがそこに建つとお考えください」

ここにきて今村はようやく建物の完成図から、内部の細かい設計を記したカタログを柳燕に手渡した。最初の訪問でこのカタログを見せていなかったのは、きっと今村の計算だったのだろう。

机上で柳燕の心を擽《くすぐ》るようなことを並べ立てるよりも、まずはコンセプトを自分の口で語り、その趣旨を理解してもらえればいい。そして、自分の実力を示す場所へ連れてきてから、納得してもらえたなら具体的なプランを示す。

自分の力に自信を持っていなければ、気難しいと有名な柳燕を相手にしてとてもできない方法だと思った。だが、今村はそれで見事に柳燕に興味を抱かせたのだ。伊達に敏腕空間プロデューサーという肩書きを持っているわけではないのだと、紗希もまたあらためて感心させられた。

それから、今村が運転する車で現地まで足を運んだ。その場所は予想していた以上に広大で、車を降りてから工事の現場を見て回り、湖のそばまで行くと水鳥が遊んでいる姿も見ることができた。自然に囲まれているが、最寄《もより》の電車の駅からも充分徒歩圏内という素晴らしい場所だった。

「このままの環境が残されるなら、わたしの絵を飾るのに相応しいだろうな」

「ええ。間違いなく水辺の鳥たちはあのままですよ」

今村がきっぱりと言い切って、この土地の自然保護をどれだけ大切に考えているかを話せば、柳燕は熱心に耳を傾けていた。

それから、三人で湖の周辺を歩きながら今村のプロジェクトにかける意気込みや、すでに頭の中ではできあがっている綿密なコンセプトなどを聞いた。現場をあとにするときになって、今村は思い出したように建設現場の工事日程に関する資料を出してきた。

「これは、工事の日程表です。湖への若干の影響はあっても、必ず現状復帰をすると市が約束してくれていますので、あくまでも参考までにということでお渡ししておきます」

そう言うと、今村はさっきの資料を柳燕から手渡されて持っていた紗希に、工事の日程表を渡してくれる。受け取った紗希がそれを資料の入った封筒に入れようとしたとき、日程表の上にクリップでとめられたメモ書きがあることに気づいた。

封筒に入れながらそのメモ書きを見ると、今村の手書きらしい文字で「また君と二人で話がしたい」とあった。驚いた紗希が今村の顔を見たが、彼は何もなかったように柳燕に完成したホールの内部の位置関係を説明している。

　あの日一緒に出かけたことを柳燕には言わないでほしいと言ったけれど、こっそりとメッセージを渡されるなんて思ってもいなかった。こんな真似をされるといけないことをしているような気がして、ひどく後ろめたい気持ちになってしまう。

　紗希はそっとメモだけを取って自分のジャケットのポケットにしまい込むと、何喰わぬ顔で工事の日程表を封筒の中に入れた。

　それから、現場を出て車へと戻る柳燕に付き添って見送る今村は、近いうちにまた屋敷へ寄せてもらうと言って頭を下げた。最後までそつのない今村の態度に、気難しい柳燕も強い反発を感じることはなかったらしい。帰りの車の中で満足そうに紗希に言う。

「あの男ならまかせても大丈夫かもしれないな。少なくとも、仕事に関しては誠実な男のようだ」

　紗希も柳燕の言葉に頷きながら、さっき取っておいたメモ書きをジャケットのポケットの中で強く握り締める。

　こんなふうにこそこそとするなんて間違っている。やましいことなどないのだからもっと堂々としていればいい。そう思う反面、万一にも柳燕の機嫌を損ねたくはないと思っている。柳燕を欺くつもりなどない。事実、紗希は今村と何もない。たった一度だけ一緒に食事をして、ドライブをしただけだ。

　それでも、柳燕の気持ちを逆撫でするような真似をするまいと思うのは、せっかくまとまりかけている今村の仕事の邪魔をしたくなかったから。すべてを丸くおさめたいという紗希の保身でもあり、今村に迷惑をかけたくないという思いでもあった。

屋敷に戻ってから柳燕が絵の仕上げのためにアトリエに入ったので、紗希もまた自分のアトリエで描きかけの絵に少し手を入れた。

スズメの絵の構図がどうしても決まらないので、今はその傍らで気分転換に小さいサイズで川辺の岩にとまるセキレイの絵を描いている。禽舎で何度も写生したセキレイは、骨線を入れた段階だが自分でも悪くない出来だと思う。

今夜は色づけをする手前で筆を置き、道具を片づける。使い慣れた道具の数々は柳燕から与えられたものも多い。そして、このアトリエで存分に思いのまま絵を描いていられるのも柳燕のおかげだ。

今朝、庭で柳燕に言われた言葉を思い出し、紗希は小さな吐息を漏らす。

師と仰ぐ人はこれまでも紗希のことを抱き、その代わり多くのものを与えてきてくれた。己の恵まれた境遇には常に感謝しているけれど、自分が柳燕を一人の人間として愛しているかと問われれば、恋愛というものをしたことがない紗希にはよくわからないのだ。

間違いなくあるのは、絵描きとしてこの上なく尊敬している気持ち。でも、抱かれている自分のことは心のどこかで納得していない。この屋敷にきて初めて抱かれたときから、紗希の中にずっとある戸惑い。

優しく庇護されていることに甘えてきたけれど、今朝みたいにはっきりと言葉で「愛しい」

と言われ、「ずっとそばにいてほしい」と伝えられ、喜ぶよりも紗希の戸惑いはもっと大きなものになってしまった。

これからもそばにいて柳燕に愛されて生きていくことが、本当に自分にとってよいことなのだろうか。なによりも、自分が望んでいるのかどうか、それが一番の問題だった。

道具の片づけを終えた紗希はアトリエの電気を落とす。襖一枚を隔てた寝室に入り、湯を使いに行く前に寝間着に着替える。

そのとき、椅子の背もたれにかけたままのジャケットをワードローブにしまおうとして、ポケットに入れたままにしていたメモを取り出した。あらためてそのメモを見ると、今村の優しげな顔を思い出す。

彼は本気で紗希と一緒にこの間のような時間を過ごしたいと思っているのだろうか。今日みたいに柳燕の言いなりで俯く紗希を、退屈でどうしようもない内弟子だと呆れていなかったただろうか。あるいは、唐突に紗希の手を握り締めた柳燕の態度に、奇妙なものを感じていたかもしれない。

そんなことを案じながらも、何度もメモの字を見つめ考える。もし、また今村に誘われたとして、どういう理由があれば柳燕の許可をもらって屋敷を出ることができるだろう。あるいは、はっきりと今村に誘われたと話してしまったほうがいいのだろうか。下手な小細工をしてあとでばれたときのほうが言い訳に困る。

まだ具体的に誘われたわけでもなければ、彼がどこまで本気なのかもわからない。なのに、たった一枚のメモで真剣に悩んでいる自分がおかしかった。

本当に出かける気になれば言い訳なんて百通りもある。それに、自分は柳燕を裏切っているわけでもないし、鳥の世話さえすれば週に一度の休みはここへきた当初から約束されていたことだ。

そんなふうに考えている自分は、結局どんな理由をつけても今村と出かけたいのだと思った。あの日、彼と屋敷の外に出て、ずっと行き詰まっていた気持ちにわずかながらも光が見えたような気がした。もう一度今村と出かけてあんな時間を過ごせたら、ここのところずっと悩んでいることが嘘のようにすっきりと解決するかもしれない。そんな甘い考えが紗希の胸を過《よ》ぎっているのだ。

だったら、自分は絵を描くために今村を利用しようとしているんだろうか。そんなずるい気持ちだけで、彼の誘いを受けようとしているなら、いっそ柳燕に後ろめたさを感じたりしないはず。本当の自分の気持ちがどこにあるのかがわからない。近頃はわからないことが多すぎる。

絵のことなら何枚でもデッサンをして、構図のための下絵を描けばやがて見えてくるものもある。けれど、人とのつき合いに関してあれこれ考えるとき、自分という人間がとても不器用なのだと実感させられる。不器用なだけでなく、臆病でもあって、自分から感情をぶつけるような真似は誰に対しても到底できそうにない。そんなふうだから何がいいことで何が悪いことなのか、そんな判断さえもときには曖昧《あいまい》になってしまうのだ。

絵を描くことしかできない自分。けれど、こんな不器用なままの自分ではいつまでたっても柳燕のように物の本質を見抜いて、内に秘められた美を引き出すことができないような気がする。

その夜、紗希は寝床に入ってからもなかなか眠りにつくことができなかった。ようやく訪れた睡魔に引き込まれても、浅い眠りの中でいろいろな夢を見ては目を覚まして寝返りを打った。

そして、明け方になって見た夢の中で紗希はいつものように禽舎の中にいて、鳥たちの世話をしていた。籠から出したメジロの一羽が閉め忘れていた禽舎の扉から空へと羽ばたいていった。

慌ててあとを追った紗希だが、風切羽を抜かれているメジロは低い木の枝にとまって鳴いている。その姿を見ながら、せっかく禽舎から飛び出したのに空高く飛べないメジロを可哀想に思った。

ふと足元を見れば、餌を啄ばみに降りてきているスズメがいることに気づく。スズメたちは籠の中にいるわけじゃないし、風切羽を抜かれているわけでもないのだから、空高く飛んでいけばいい。なのに、いつまでも地面の上で小さく跳ねているだけだ。

高く飛べなくなったメジロと飛ぼうとしないスズメ。どちらかが今の自分なのか、それともどちらもが今の自分なのだろうか。

わからないけれど、どちらも美しい庭の中にいて少し哀れに思えたものだから、目を覚ましてから紗希の胸はひどくせつなくなった。

◆◆

「すっかりつまらなくなってしまったな」

あらためて紗希が持っていったスズメと竹の三枚の下絵を見て、柳燕が首を小さく横に振って呟いた。自分でもわかっていただけに、柳燕の言葉に止《とど》めを刺されたようなものだった。

「スズメにこだわらなくてもいいだろう。しばらくは他のものを描いてみればどうだ」

そう言うと、柳燕は先日業者から持ってきてもらったミヤマホオジロの番を描いてみればどうだと勧めてくれる。だが、ミヤマホオジロは柳燕が次の絵の題材にと取り寄せたものだ。いくら許可があっても先に描くのは憚《はばか》られた。

「もうしばらくは写生に専念しなさい。描くことの意味を見失っていては、何を描いても同じだ。ものの真髄が見えていないから、鳥も花もあるべき場所におさまらないということだ」

厳しい言葉をもらい落ち込みながらも、そうするしかないと紗希自身もわかっている。柳燕に礼を言い下絵を持ってアトリエを出ると、その足で庭に向かった。

いくら「愛しい」と言われても、絵で認めてもらえなければ意味がない。このまま絵が描けなくなってしまったら、屋敷にいて柳燕を慰めるだけの存在になってしまう。そのことを思うと、紗希はどうしようもない焦りを覚える。

やっぱり、自分には才能などなかったのだろうか。少し目をかけてもらったけれど、今となっては買い被っていたと思われているかもしれない。柳燕の身の回りの世話をして、望まれれば抱かれるだけの存在になってしまったらと思うだけで、この身が惨めでやり切れなくなる。

ひどくふさぎ込んだ気持ちのまま禽舎に行き、そこで飛んでいる鳥たちを眺める。言われたとおり写生をしようと思ってきたけれど、手にしていたスケッチブックを開く気にもならない。

子どもの頃からずっと絵を描くことが大好きで、小さな紙切れにでもペンがあれば絵を描いていた。風邪で学校を休んだ日もベッドに入ったまま絵を描いていた。試験のときも解答の書き込みを終えて時間が余ると、問題用紙の裏に自分の左手のデッサンをしたりしていた。

どんなときでも紗希にとって絵を描くことは無類の喜びで、悲しいときも嬉しいときも常に描き続けてきたのだ。なのに、絵を描いて生きていけるようになってみて、初めてスケッチブックを開くことさえできないし、したくないという状態になっている。

(本当にもう駄目かもしれない……)

絵が描けなくなったら紗希はここを出て行くつもりだ。よしんば柳燕がどんな形で望んでくれても、それを受け入れることはできない。

紗希がスケッチブックを抱えたまま禽舎の中で立ちつくしていると、籠の中のウグイスの一羽が驚くほど大きな声で鳴いた。

「ホーホケキョ」という声のあとに、「ケキョ、ケキョ、ケキョ」と谷声という鳴き声を繰り返す。愛鳥家の間では自分の飼っているウグイスで谷声の数を競い合うのだが、ここにいる鳥は見た目のよさで業者が選んでくるので、鳴き声のほうは正直いまいちだった。

それが、なぜか今日に限ってずいぶんと張り切って鳴いている。紗希がそのウグイスの籠の扉を開いてやると、ピョンピョンと渡し木を飛んで外へと出てきた。相変わらず元気よく鳴きながら禽舎の中を飛んで、金網につかまっては真ん中に立つ紗希を見ている。

「何、写生させてくれるの？　ありがたいけど、上手に描けるかどうか今は自信がないんだ」

愚痴をこぼす紗希を慰めるように肩のそばまできて羽ばたくと、また金網まで飛んでいく。ウグイスはメジロよりも低木を渡り飛ぶ鳥だが、ずっと世話をしていても野鳥は野鳥で人に懐くといっても限界がある。餌をねだるわけでもないのに、ここまで近くにくるのは珍しい。こんな愛らしい姿を見せられたら、紗希だって沈んだ顔ばかりもしていられない気持ちになる。

「そんなに頑張って鳴いてくれなくても、大丈夫だよ。ちゃんと絵は描くから」

ウグイスに向かって言ったら、背後からいきなり声がした。

「本当に？　だったら、まずは手にしているスケッチブックを開かないと」

優しい声にハッとしたように振り返る。一瞬、禽舎の中の別の鳥が話しかけてきたのかと錯覚したが、そんなことがあるはずもない。

見れば、禽舎の金網越しに今村が笑顔で立っていて、驚いた紗希は頬を引きつらせてしまう。ウグイスと話しているところを見られていたんだろうか。ひどく情けない顔で愚痴をこぼしているのまで聞かれていたらどうしよう。焦って禽舎の中でうろたえる紗希を見て、今村が笑う。

「どうしたの？　浮かない顔をしているね。まだスズメの絵のことを悩んでいるのかい？」

「あっ、いえ、そうじゃなくて……」

その絵のことは相変わらず悩んでいるけれど、突き詰めれば問題は他にあることもわかっている。ただ、それを今村にうまく説明する自信がなくて言葉を濁してしまった。

気まずい気持ちで俯いてしまった紗希を見て、今村が禽舎の金網のすぐそばまでやってくる。

「この間のメモ、見てくれたかな？」

「あっ、は、はい……」

「あのときは、とても君に直接話しかけられる雰囲気でもなかったからね。でも、もう一度君とゆっくり話がしたかった」

紗希がハッとして顔を上げると、金網越しに今村の優しい顔があった。

「でも、僕は……」

話しかけたとき、またウグイスが一際高い声で鳴いた。

「ウグイスが元気すぎて君の声が聞こえないな。もう少し近くへきてくれないか」

今村に言われるままに、紗希は一歩二歩と金網に歩み寄っていく。そして、今村が握っている金網のすぐそばに自分も手をかけて握り締める。

禽舎の中と外で見つめ合っていると、互いが近くにいるようでとても遠くに感じられる。

「今村さん、どうして……？」

「どうして、何？」

紗希の問いかけに今村が問い返してくる。どうして自分を誘ってくれるのか訊きたかった。でも、そんなことを訊くのは、自分への特別な思いを期待しているようで恥ずかしい。だから、紗希は一度俯いてから視線だけを上げてたずねる。

「今日はどうしてここへ？」

「ああ、合田先生に先日の現地を見た感想をうかがいたくてね。今日はちゃんとアポイントメントを取ってきた。ただし、午後からだけどね」

今はまだ十二時前だ。

「君に会いたくて早い時間にきたんだ。お手伝いの人に訊いたら、君が庭にいるんじゃないかと教えてくれてね」

柳燕からは今日今村がくることは聞かされていなかった。来客の予定があるときは、朝食の席で教えられるのに、今回はなぜか何も言われなかった。紗希には関係ないことといえばそうかもしれないが、これまで関係ない場所に連れていかれることも少なくなかった。

現に、先日の現地見学にも同伴したところだから少し奇妙な気もしたが、やっぱり柳燕は紗希が今村と親しくするのを快く思っていないということだろう。

「そこから出てきてくれないか。合田先生に会う時間まで話をしよう。どんなことでもいい。絵のことでも鳥のことでも、この庭に咲く花のことでも。君の好きなものを知りたい。君が興味を持っていることも知りたい。でも、君自身のことがなによりも知りたいんだ」

「今村さん……」

どんなときもストレートな今村の言葉は、紗希の迷う気持ちを簡単に取り去ってしまう。紗希だって今村のことが知りたいと思っている。彼の言葉を聞くと、不思議なことに焦る気持ちがふっと消えていくのを感じる。絵のことを誉めてくれたことも嬉しかった。でも、もっとたわいもない話をしていても、とても心が穏やかになって、ずっと言葉を交わしていたいと思ってしまうのだ。

こんな気持ちになったことはない。こんな気持ちをなんて呼べばいいのかもわからない。ただ、柳燕が望んでいないとわかっていても、紗希は今村と会えると嬉しいし、彼が望んでくれるなら話をしたいと思う。

「ちょっと、待っていてください」

金網から手を離した紗希はそう言うと、禽舎に離したウグイスの籠の扉を開いてその中へと呼び込む。餌の器にはまだすり餌が残っているから、それを食べにウグイスはすぐに籠の中へと戻ってくる。籠を棚に戻してから禽舎を出ると、表に回って今村のところへ行った。

するとﾞ今村はなぜかおかしそうにクスクスと声を漏らして笑う。何かおかしなことをしただろうか。あるいは、洋服に鳥の羽や糞でもつけているのだろうか。鳥の世話をして禽舎を出たときはよくそういうことがあるので、慌てて紗希は自分の体のあちらこちらを見る。

そんな紗希に今村は「どこもおかしくはないよ」と言いながらも、やっぱり笑っている。

「あの、どうして笑うんですか？」

さすがに理由がわからないと、紗希だって心地が悪い。少し拗ねたような気持ちになっていると、今村がようやく笑いをおさめて言った。

「禽舎の中で君が話しているのを聞いて、もしかして本当にウグイスと会話ができるのかと思ったんだよ。そんなはずないのに、君ならありえるのかもって思った。そんな自分がおかしくてね」

今村の言葉を聞いて、紗希はカッと頬を赤くする。やっぱり、自分の愚痴を聞かれていたのだと思うと、恥ずかしくて真っ直ぐに今村の顔が見られなくなってしまう。

「いや、盗み聞きをするつもりはなかったんだけどね。でも、なんというか、不思議な光景だったな。それに、ウグイスがあんなに元気よく鳴くのを聞いたのは初めてかもしれない」

「それは、僕もそうです。ここの鳥は業者に頼んで連れてきてもらうんですが、写生が目的なのでできるだけ羽や顔のきれいな鳥をお願いしているんです。なのに、あの子は本当によく鳴く。きっと南方から連れられてきたんじゃないかと思います」

「南方から？」

「鳥は南方のものほど早く鳴き始めて、長い期間鳴き続けるんです。ウグイスやメジロなどはその典型です。だから、奈良のものより宮崎や沖縄のものがいい声で鳴くし、台湾《たいわん》のものはもっとよく鳴きます。今は保護条例があって、台湾から連れてくることは難しいですけど」

紗希が説明すると、今村は感心したようにまた禽舎の中へと視線を移す。

「禽舎にまた鳥が増えているね。合田先生が新しい絵を描いているのかな」

「今はコキンチョウの絵を描いていて、そのあとはミヤマホオジロを描く予定だとおっしゃってます」

「そうか。個人の依頼も多く受けていると聞いているから、ホールのロビーの絵も早めに交渉をまとめてお願いしないと、オープニングの日に間に合わなくなりそうだな」

今村が自分の仕事を思い出したように、胸の前で腕組みをしながら池のほうへと歩き出す。

「それなら、おそらく大丈夫じゃないでしょうか。先生も例のホールの件はなかなかいい話だとお考えのようです。それに、今村さんになら絵をまかせられるだろうとおっしゃっていましたから」

あくまでも紗希の感触でしかないが、先日の帰宅の車の中で聞いた言葉を今村に伝える。

「そうか。信頼してもらえたなら嬉しいな。先生の絵を飾るのに相応しい空間を創る自信はあるんでね。今日はもう少し踏み込んで具体的なデザインと、セキュリティのことについても話しておくつもりなんだけど、できれば明確な『イエス』の返事をもらって帰りたいな」

今村の横に並んで歩きながら池のほとりまでくると、紗希はそこに遊ぶ水鳥の様子を眺めながら言う。

「先生は絵のことが一番で、損得の勘定がない方です。多くの絵の依頼を受けているようで、実はご自身が納得した方からの話しか受けていらっしゃいません。その条件はいつも同じで、本当に絵を愛している方からの依頼ということです。今村さんの仕事の誠実さが通じれば、きっといいお返事が聞けるのも早いんじゃないでしょうか」

べつに今村の気持ちを引きたいからじゃない。柳燕のことをよくわかっている紗希の率直な意見を口にしただけだ。だが、今村が黙ったままで隣に立つ紗希を見ているのに気づいて、自分が出すぎたことを言ってしまったかと思った。

「あ、あの……、ごめんなさい。僕は……」

差し出がましいことを言うつもりはなかったと言い訳しようとしたら、今村が急に柔らかな笑みを浮かべてから自分の髪をかき上げて空を仰いでいた。

「まいったな。君のことを聞きたいって言っておきながら、自分の仕事の話をしてしまって、あげくにものすごく励まされる言葉をもらってしまった。どうしよう。会ったときからどこか心惹かれるものがあったけれど、今はっきりとわかったよ。わたしは、君のことがすごく好きだな」

思わぬ言葉に紗希がポカンと口を開けて今村の顔を見上げる。そして、すぐに我に返って赤くなった顔を隠すように彼に背を向けてしまう。

「な、何を言ってるんですか。冗談はやめてください。僕は、そういうのは……」

「冗談じゃない。本気だよ。こんなに胸が高鳴るのは久しぶりだ」

「だって、そんな言葉は女の人に言うことでしょ。世間知らずの絵描きの卵をからかうなんて、今村さんも趣味が悪い。今はこんなところにいるから、退屈しのぎのつもりかもしれないけれど、東京にはステキな人が待っているんじゃないですか」

今村がからかっているだけなら、ムキになったらよけいにみっともない。そうとわかっていても、焦った紗希は怒ったような口調で一気に反論してしまう。

「退屈しのぎで人を好きにはなれないよ。そんな器用な人間じゃない。それに、東京で待っている女性もいない。いや、もっと正直に言うなら、女性を愛したことはないんだ。そういう人間でね」

真剣な声を聞いて、紗希はますます振り返ることができなくなる。柳燕は今でこそ紗希を抱いているが、女性との関係もあった。だが、今村ははっきりと女性とは恋愛をしたことがないと言う。

「もう一度言うよ。君が好きだし、君の描く絵も好きだよ」

「でも、僕の絵は……」

「まだ悩んでいるんだろ。今はうまく描く自信がないって言ってたね」

黙って頷くと、今村は紗希の手を引いて池の周りを歩き出す。握られた手の大きさや温かさを意識して、紗希の胸の鼓動は速くなっていく。柳燕の手を握ったときも、自分の手を柳燕に握られたときも、こんなふうに胸が痛くなるような思いをしたことはない。

「また一緒にどこかへ行こう。この間みたいにいろいろな話をしながら、君と古都を歩きたいな。どうしても絵のことが忘れられないならスケッチブックを持ってくるといい。北山《きたやま》のほうへ行こうか。きっと川辺で鳥を見ることもできるよ。桜にはまだ早いが、あのあたりならまだ梅が残っているかもしれないし」

京都の北山へは学生の頃に、春休みを利用して一人でスケッチに出かけたことがある。有名な北山杉が山肌を覆う景色を写生するのが目的だったが、周囲にも多くの自然が残っていて、川辺に下りれば野鳥もよく見かけることができた。

今では屋敷にいていくらでも鳥の写生ができるので出かけることはなくなったが、またあの山深い場所で自然に抱かれてみれば自分が忘れている何かを思い出せるだろうか。学生の頃は、気に入った題材を見つけるためなら日本中一人でどこへでも出かけていった。あの頃の純粋な思いが蘇《よみがえ》ってくればいい。

それだけでなく、今村と一緒にたわいもないことを話しながら過ごす楽しい時間を思い、誘われるままに紗希も頷きたい衝動に駆られていた。でも、柳燕の許可をもらえるかどうかわからない。そのことを言いあぐねていると、今村のほうからそれを察したようにたずねる。

「合田先生のことが気になるの？」

沈黙はすなわち肯定だった。すると、今村は少し表情を曇らせて言う。

「先生は君のことをとても大切にしているようだね。美しくて才能溢れる弟子だ。自分の手元に置いて、思いのままに育《はぐく》みたい気持ちはわかる。それにしても、少し束縛が強すぎる気もするんだが……」

今村はもう柳燕と紗希の特別な関係について気づいているのだろうか。だが、体の関係まで知られたくはないから、紗希は小さく首を横に振った。

「先生は子どもがいらっしゃらないので、僕のことを息子のように可愛がってくださっているんだと思います。特に、僕は世間知らずのところがあるし、今は一人前の絵描きになれるかどうかの大切な時期だから、他のことに気持ちが奪われることのないようにとあえて厳しいことを口にされるときもあります」

「そうなの？」

嘘ではないが、すべて本当というわけでもない。けれど、信じてもらわなければ困る。だから、紗希は懸命に考えてから、外出ができそうな日を今村に告げる。

「あの、今週の土曜日なら鳥の世話をしたあとで出かけることができると思います。芸大のときの友人の個展が京都であって、それを見にいくことは先生にも言ってありますから。その帰りなら……」

それを聞いて、今村が紗希と一緒に個展にも行きたいと言ってくれた。忙しい人なのに、本当にそんなことまでつき合ってもらっていいのだろうか。

紗希のほうが案じてしまうが、今村は時間のやりくりをするのは得意なんだと笑ってみせる。有能な人ほどそういうものなのだろう。

「楽しみにしているよ」

そう言うと、今村は紗希の手を引いたまま池にかかる橋を渡り、そのまま楢の木の下までやってくる。そこの木陰で足を止めて向かい合うと、今村の優しくて穏やかな笑みが自分を見下ろしていた。

「これからは、紗希くんって呼んでいいかな？」

「紗希でいいです。先生にもそう呼ばれていますから」

そう言ってから、また柳燕のことを持ち出してしまったと後悔しそうになった。だが、今村は気にした様子もなく微笑みながら頷いた。

「そう。じゃ、紗希って呼ばせてもらおうかな。とてもきれいな名前だね。君によく似合っているよ」

名前までそんなふうに言ってくれた人なんていない。母親がお腹のエコー写真を見た医者に女の子だと言われて早々に考えた名前だが、生まれてみれば男の子だったので慌てたらしい。それでも、すでに愛着の湧《わ》いていた名前をつけたのだと言っていた。

「紗希……」

今村の声で名前を呼ばれると、聞き慣れた自分の名前でさえ心の奥が擽られるような気持ちになる。そして、ずっと伏し目がちだった顔を上げようとしたとき、ずっと握られたままの手を少し強く引かれて、紗希は今村の胸元へともたれかかる。

「あ……っ」

声を漏らした瞬間にそっと今村の両手で抱き締められて、髪に彼の唇が触れるのを感じた。

それは、柳燕以外の男の人から受けた初めての口づけだった。

唇に触れなくても、こんなにも胸が熱くなるなんて知らなかった。抱き締められているにもかかわらず、紗希は自分の体が崩れ落ちそうになって、思わず今村の胸に頰を寄せたのだった。


その日の夜、柳燕はどことなく不機嫌だった。

夕食の席でさりげなく、今村との話がどんな具合に進んだのかたずねたのがよくなかったのだろうか。だが、その点については柳燕も以前にもまして乗り気のようで、貸し出すことのできる絵の選定をしなければならないと、かなり具体的なことも口にしていた。

おそらく、創作のことで何か考えていることがあるのかもしれない。柳燕のような大家と呼ばれる立場になっても、自分の作品に悩みは尽きないのだろう。本当に、絵を描くということは無類の喜びであると同時に、ときにはその苦労に精も根も尽き果てることもあるのだ。

だが、夕食を摂ったあと紗希が食卓の片づけを手伝っていると、家政婦の人が厨房に入ったところで、いきなり柳燕に湯を使ってアトリエにくるようにと言われた。

「えっ、アトリエにですか?」

問い返したのは、普段とは違うことを言いつけられたからだ。湯を使ってからなら寝室に呼ばれるのが常だが、それにはまだ時間が早すぎる。アトリエに入るなら、創作の手伝いかモデルをするだけのはずで、湯を使ってこいと言われることはない。

奇妙に思ったが柳燕はそれ以上何も言わずに部屋を出ていってしまったので、紗希は片づけの手伝いもそこそこにすぐに湯を使いにいった。

絵の手伝いなら岩絵の具を溶いたり、筆を洗ったりと汚れる仕事も多い。浴衣を着てできることではないので、湯上りでもいつものシャツとジーンズという格好で柳燕のアトリエへと向かう。

屋敷の一番奥まった場所にある柳燕のアトリエは、紗希以外の者はほとんど近づくこともない。柳燕がそれを許していないからだ。なので、部屋の掃除や片づけなどはすべて紗希が行っていた。

いつもどおり中庭の横の廊下を通り、そろそろ咲きはじめたものもある椿の花を眺めてから、紗希は小さな吐息を漏らした。

今週末には今村と一緒に出かける約束をした。柳燕に秘密を持つのは心苦しいけれど、大人になればこういう嘘のつき方も必要なのだと自分に言い聞かせている。

今村に柳燕との仲をこれ以上勘ぐられたくないという気持ちもあったし、反対に今村の仕事に悪影響を及ぼすことを案じたのも事実だ。その結果、柳燕と今村の両方に嘘をついている自分はずるい。そう思っているのに、どうしても止められない強い感情があった。

「先生、失礼します」

アトリエの前にくると、紗希は廊下に膝をついて襖を開ける。中では柳燕がコキンチョウの絵の色づけをしていた。部屋の中に入った紗希はすぐに道具の並ぶ棚のところへ行き、柳燕に必要な色をたずねる。言いつけられた色を皿に入れて膠《にかわ》で溶いておくのも紗希の仕事だ。

だが、柳燕はコキンチョウの背面に鮮やかな緑色をのせていた手を止めると言った。

「いや、絵の具はいい。今日はここまでにしておこう」

その言葉に紗希が道具棚から振り返って柳燕を見る。手伝いのために呼んだのではないなら、やっぱり今夜もモデルをしなければならないということだろうか。紗希がその指示を待っていると、絵の前から離れた柳燕がそばまでやってくる。

「隣の部屋へ入って、洋服を脱ぎなさい」

「え……っ?」

紗希の裸体のデッサンはいつもこのアトリエの中でやっている。奥の部屋は大きな作品を広げられるスペースになっているが、隣の部屋は柳燕の仮の寝室なのだ。深夜まで作業を続けたときなど、疲れた体を休めることができるよう、常に寝床の用意をしてある部屋だ。もちろん、その寝床を用意しているのも紗希自身だった。

その部屋で何をするつもりなのか納得のいかないまま柳燕を見れば、スケッチブックと鉛筆を用意している。

「あの、デッサンをするんでしょうか?」

「ああ。今夜は着物はいらない。裸のままで横になりなさい」

それも今では珍しいことではない。だが、わざわざ寝床の上でポーズを取る必要もないのに、なぜ今夜に限って隣の部屋なのだろうと奇妙に思う気持ちは拭えなかった。

だが、言われるままに部屋に入って寝床の上にあるものを見たとき、紗希は小さく声を上げた。見慣れないものが置かれていて、それがひどく淫靡なものに見えたからだ。

「どうした？　早く服を脱ぎなさい」

「で、でも、どうして、今夜はここで……？」

紗希が怯えた声でたずねる。

「不自由な格好でアトリエの床の上に寝かせるのは可哀想だと思ってな」

その言葉にビクリと体を硬直させると、柳燕がいつものように後ろからそっと紗希の体を抱いた。

「おまえの白い肌を縛ってみたいんだよ。いつもとは違う姿を描いてみたくてね」

「せ、先生……？」

柳燕が何を言っているのか、寝床の上に置かれた赤い縄を見てもうわかっている。でも、それを信じたくなくて、紗希は小さく首を横に振った。

そんな紗希を背中から抱き締めていた柳燕の手が髪をすくい上げ、うなじへと唇を寄せてくる。いつものことなのに、その感触になぜか微かな震えが背筋を這《は》い上がってくるのを感じていた。

柳燕は紗希の白いシャツのボタンを前に回した手で一つ一つ外していくと、耳元で囁くように言う。

「おまえももう二十四だ。すっかり大人の体になった。まだ幼さが残る頃はこんな真似はしたくてもできなかったからな。ずいぶんと待たされたが、もうそろそろこういうこともできるだろう」

確かに、紗希は年よりも若く見られがちで、二十歳《はたち》を超えてからもよく未成年と間違えられていた。だが、ようやく大人の体になったからといって、よもやこんなことを望まれるとは思ってもいなかった。

「先生、お願いです。こういうのは堪忍してください。僕には……」

耐えられないと言おうとした唇を柳燕の唇でふさがれた。ずっと年配だといっても、その体は華奢《きやしや》な紗希よりもずっとたくましく、力も強い。全身で拒んだところで逃げられる自信もないし、柳燕の命令に逆らえる紗希ではなかった。

「んんっ、くぅ……っ」

深い口づけのあと、もう一度身につけているものをすべて取り去るように言われる。普段でも抵抗のあることだが、今夜は赤い縄を目の前にして紗希は泣きたい気持ちでその場に膝をついたまま動けなくなってしまった。

すると、柳燕はわずかに苛立ちを滲《にじ》ませて紗希の二の腕をつかむ。

「怖がることはない。抱かれることも一からわたしが教えてやっただろう。それと同じだ。もう少し淫らになればいいだけだ」

「で、でも……」

「おまえは臆病なヒヨドリのようだからな。だが、そこが愛らしいところでもある。だから、わたしが教えたとおりにすればいい。怯えてばかりいないで、快感に素直になることを覚えなさい」

柳燕の命令は絶対だ。これもまた紗希が従わなければならないことだとわかっている。わかってはいるのに、やっぱり怖い。そして、そんな姿にならなければならない自分がひどく惨めに感じられた。

こらえきれなくなった紗希が涙を流しているのを見て、柳燕はその頬をそっと自分の手のひらで撫でる。

「紗希、おまえが愛しいからだ。いつでもわたしだけのものにしておきたいんだよ。わかるね?」

それは、今村とは違うけれどやっぱり優しい問いかけで、甘い仕草だった。そう思った瞬間、紗希の心が激しく揺らいだ。

その理由は違っているのかもしれないが、慕っていることには違いない柳燕と、心惹かれている今村。そんな二人に嘘をついている自分がひどく醜く感じられて、こんな自分は罰を受けるべきかもしれないと思った。

「ご、ごめんなさい、先生……」

今村と出かける約束をした自分を責めて、つい詫びる言葉が出てしまった。だが、事情を知らない柳燕は静かに笑みを浮かべる。

「謝らなくてもいい。わたしを裏切らない限り、謝ることなど何もないだろう」

紗希が力強く首を縦に振る。けっして柳燕を裏切ったわけじゃない。今村は紗希のことを好きだと言ってくれたが、自分が彼に応えたわけではない。ただ、もう一度一緒に出かける約束をしただけ。

また、ずるい自分が顔を出す。本当の自分の気持ちがわからない。泣き崩れる紗希の体を抱き締め、柳燕の手が身につけているものを一つ残らず剝《は》がしていく。

裸にされて寝床の上で体を震わせていると、赤い縄が紗希の薄い胸に二重に回される。荒い縄目が胸を擦《こす》る感触に自分でも思わぬ声が漏れ、紗希自身が戸惑っていた。一糸まとわぬ姿を写し取られるのにはもう慣れた。抱かれることだってちゃんと応えられるよう努力しているつもりだ。けれど、縛られるのは怖い。身動きできなくなって、無防備な姿を晒すのはあまりにも不安だった。

「ああっ、いや……っ。お願いです、先生……っ」

たまらず漏らした哀願も聞き入れてもらえない。柳燕の手は微塵の迷いもなく、紗希の体を縛り上げていく。胸から背中に回された縄が後ろで束ねられた両手を縛り上げる。さらには膝裏を通って両足を割られたあと、寝床に倒されるともはやどうすることもできなくなった。

そればかりか、柳燕は縄を回されて閉じることができなくなった紗希の股間に顔を埋《うず》めると、口と舌でそこを強く刺激して簡単に勃《た》たせてしまった。

「あっ、ひぃ……っ、せ、先生、どうか堪忍してくださいっ」

悲鳴交じりの声で懇願したけれど、柳燕はそればかりか紗希の後ろの窄《すぼ》まりに指を押し込み、中から下腹に向かって突き上げるようにして刺激を与えてくる。

「ああーっ、あくぅ……っ。い、いやだ。やめて、やめてくださいっ」

いつも使われる潤滑剤の滑《ぬめ》りが、今夜はなぜか恨めしいほどの音を立てている。抱かれることには慣れてしまった体だけれど、こんなふうに動きを封じられるとどうしようもなく不安で、いつものように快感に溺れるどころではなかった。

「紗希、力を抜きなさい。怖がることはない。縄が喰い込んだ姿もとても官能的だ。そういうおまえもちゃんと絵にしておいてあげよう」

そう言うと、紗希の体が一度寝床の上で起こされる。勃起《ぼっき》した股間を開いたまま座っている紗希を見て柳燕は早速スケッチブックを開き、新しく禽舎に迎えた鳥を写生するときのように好奇に満ちた目で鉛筆を走らせる。

「ああ……っ。こ、こんなのはいやです。お願い……」

股間を大きく開いたまま、後ろ手に縛られた手で前を隠すこともできない。赤い縄が胸を締め上げ、身を捩れば自動的に両膝を引っ張ることになり、さらに両足を割った惨めな格好を晒すことになる。

ひどく哀れな格好で何度も懇願しながら涙で濡れた顔を柳燕から背けたが、それも無駄

だった。柳燕はそんな紗希の顎を持ち上げると、アトリエにいるときと同じきつい口調で言う。

「そのまま動くんじゃない。わたしがデッサンをし終えるまではじっとしているんだ」

これまでも女性の着物を羽織ったり裸体のままで、さまざまなポーズを決めてデッサンモデルを務めてきた。だが、それはあくまでも人の体の動きを忠実に絵にするための資料でしかなかったから、過剰なまでの羞恥を感じることはなかったのだ。だが、今は赤い縄に縛られた淫らな姿を柳燕の手によって写し取られ、どうしようもないほど恥ずかしい思いをしている。

これほどまであられもない姿を晒しているのは、もはや芸術などではない気がした。これは、ただれた欲望でしかない。そんな中にこの身を置いているのが耐え難くて、やがて紗希はポロポロと涙をこぼしながら、柳燕の言いつけを破り俯いてしまう。

「先生、お願いです。許してください……」

一度張り詰めるまで愛撫を受けた股間も、いつしか力を失っていた。すると、柳燕は手にしていた鉛筆を置いて小さく溜息を漏らす。

「なぜ言うとおりにできない。おまえは素直で快感に脆《もろ》いところも愛らしいのに、そんな頑なな態度では駄目だ」

まるで、受講態度の悪い学生を叱るような口ぶりで言われ、紗希は懇願の言葉も失ってしまった。柳燕の望むとおりにできない自分が悪いのだろうか。これもまた、ここにいる限り受け入れて当然のことなのだろうか。

柳燕は紗希がきちんと大人になるまで待っていたと言っていた。抱かれるようになってから二年、柳燕はいつだって不安に怯える紗希を優しく宥めながら肉体の快感を教えてきてくれた。

体だけでなく、そろそろ心も大人になって自分から柳燕に応えなければならないのだろうか。そうでなければ、これまでの恩を仇《あだ》で返しているようなものかもしれない。

そう思った途端、股間ばかりか気持ちも顔もすっかりうなだれてしまった紗希だが、もはや己の力でどうすることもできなかった。それを見て柳燕はその場を立ち上がると、部屋の隅にある和簞笥《わだんす》のところへ行き、引き出しから何かを取り出してきた。

「これを使うのは今夜でなくてもいいと思っていたが、しょうがないな。頑ななおまえが悪いんだよ、紗希」

優しい声色で言っているが、柳燕の手に握られたものを見たとき紗希は思わず息を吞んで激しく首を左右に振った。それは、飴《あめ》色をした塊で、おそらく鼈甲《べっこう》でできているのだろう。男性器をかたどった形はグロテスクで見ているだけで目眩《めまい》がしそうだった。

「怖がることはない。たっぷりと濡《ぬ》らしてから体に入れてやるから、安心しなさい。これで前が萎《な》えてしまうこともないだろう」

「い、いやっ。いやです。先生、どうか許してください。それだけは……」

どうしても耐えられないと懸命に訴えるが、もう今夜の柳燕にはどんな言葉も届かない。怯えて逃れようとすればするほどに、紗希が従順になり、淫らな姿をさらけ出すことを強いてくるのだ。

赤い縄で縛られている紗希の体が上掛けのない寝床の上に横倒しにされると、片足だけが宙に浮いた状態で股間を晒すことになった。

そこへ手を伸ばしてきた柳燕は、後ろの窄まりに飴色の冷たい塊を躊躇《ちゅうちょ》なく埋めていく。

「ああーっ、あくぅ……っ。ひぃ……っ、い、痛い……っ」

いくら濡らされていても、その大きさに身を仰《の》け反《ぞ》らせる。全身から冷や汗がざっと流れるのがわかり、涙ももう止められなくなっていた。それでも、なおも柳燕の手は強くそこを押し開きながら、異物を突き刺していく。肉を引き裂き、体が二つに割れるような痛みは初めて経験するものだった。

紗希の股間が萎えてしまったことを叱った柳燕だが、こんな痛みを感じていては快感を覚えるのはとても無理だと思えた。

なのに、柳燕の手が一番奥まで押し込んだそれでゆっくり抜き差しを繰り返すうちに、体の芯《しん》のほうから奇妙な疼きが込み上げてくるのがわかった。

「あっ、な、何……っ、いやだ。こんなのは……」

何かがおかしいと紗希は嗚咽《おえつ》交じりの声で呟くが、縄で持ち上げられた片足がビクビクと震えて、自分の股間が熱く硬くなっていくのがわかった。そんなはずはないと思っても、体が完全にコントロールを失い、心を裏切るような姿になっていく。

ただ、濡らされただけじゃなかったんだろうか。さっきまであれほど痛みを感じていた後ろの窄まりが今は痺《しび》れたようになって、奥まで差し込まれた異物の擦れる感触に股間が再びあさましい反応を示していた。

「祇園《ぎおん》の芸妓で古い知り合いがいて、いい薬があるからというので分けてもらったんだよ。おまえのように慣れない者でも喜んで体を開くようになる薬だ。どれほどのものか怪しんでいたが、存外いいようだな」

「ああ、そんな……」

薬まで使われるなんてあんまりだ。けれど、もうそれを声にして訴える力もない。畳みかけるような快感に、体ばかりか気持ちまでが折れる。今はこれ以上ないほどに張り詰めたそこが弾《はじ》けないようにと、頭を振って髪を振り乱し泣くだけだった。

その姿を見て、柳燕は満足そうにまたスケッチブックを手にする。紗希は身悶えて虚ろな視線でなおも救いを求め続ける。目の前にいる柳燕こそが紗希をこんな姿にしているというのに、それでも自分には他に縋る人がいない。

「た、助けてぇ、せ、先生……。お願いします、も、もう……」

途切れ途切れの言葉はだらしなく開いた口から、唾液《だえき》とともにこぼれ落ちていく。痙攣《けいれん》したように持ち上げられた足が揺れて、股間が先走りではしたなく濡れていく。なんて醜い姿なんだろう。こんな自分を熱心に写生する柳燕の気持ちがわからない。

「紗希、辛抱できなければいってしまいなさい」

十分ほどで紗希の淫らな姿を大まかに写し取ったのか、柳燕は優しい声でそう言った。紗希はそれをしたくないと首を横に振ったけれど、まるで無駄だった。

「ああ……っ、んく……っ」

体のほうが許しを得たことを喜んでいて、勝手に弾けて飛び散った白濁は紗希自身の顔にまで付着した。情けない姿のままま体の奥に拭い去ることのできない疼きを感じていたが、これで縄を解いてもらえる。そう信じていた紗希は今一度柳燕に助けてほしいと視線で哀願する。

「その顔のままでいなさい。それもまたいい」

そう言うと、果てたあげくの紗希の姿まで写生しようとする。それから三十分あまり、柳燕は鳥たちや庭の草花を写生するときと同じように、驚くべき集中力で次々と汚れた紗希の姿をあらゆる角度から描いていった。

ときには縄の状態が気に入らないのか、胸の突起をきつく挟み込むよう縛り直し、すでに痺れて感覚のない両足をさらに割り開いたりもした。鼈甲の張形はまだ紗希の体の中に入ったままだ。だが、さっきからわずかに体を動かすたびに、潤滑剤と例の怪しげな薬の滑りで少しずつ体の外へと吐き出されていくのがわかる。

「ううっ、あく……っ」

異物感はそのまま体の中をかきむしる快感になり、紗希は夢中で自分の窄まりを強く締め上げる。すると、張形が一度は奥まで呑み込まれるが、大きく息を吐いた瞬間にズルッと外に向かって押し出される。

それを繰り返しているうちに、やがては窄まりから抜け落ち白いシーツの上にこぼれ落ちた。その瞬間、自分の惨めさに追い討ちをかけるように、また股間が弾けてしまい全身から力が抜けていく。何度果てても、淫らな薬が終わることを許してくれない。

「ああ……っ、もう……堪忍して……」

張形の圧迫感がなくなり急に体が自由になったような気がしたが、まだ縄を解かれたわけではない。こんな状態のままであとどのくらい辛抱しなければならないのだろう。だんだんと惨めさよりも自分が狂ってしまうのではないかという恐怖が勝り、紗希が怯えた子どものように声を上げはじめる。

「ああ……っ、うく……っ。やぁーっ、いやーっ」

少しずつ大きくなっていく声に柳燕はそっとその口を片手でふさぎ、紗希の股間を自らの手で愛撫した。果てたばかりのそこがまた熱く、硬くなっていく。

「んぐっ。くぅ……っ、んんっ」

柳燕の手でふさがれた口からくぐもった声を漏らし、紗希は下半身を懸命に揺らす。足が自由にならないもどかしさから腰を動かしていると、柳燕はそれを見てまた嬉しそうに笑った。

「紗希、おまえは本当に愛らしい。この年になってこれほどまで心を奪われるなどとは思いもしなかったが、おまえだけはどんな鳥よりも可愛く思えるよ」

こんな淫らな姿を見て、心から満足したように呟く。これこそが柳燕に望まれていたことだったのだろうか。だったら、自分の絵はどうなってしまうのだろう。

「せ、先生……」

紗希が呼ぶと、柳燕は愛しそうに汚れた体を撫で回してからようやく赤い縄を解いてくれる。そして、寝床に横たえられるとあらためて両足を持ち上げられて、柳燕自身が後ろの窄まりに押し込まれていく。

「あっ、あくぅ……っ。うう……んっ」

自由になった両手も両足も、もはや自分の体の一部とは思えなかった。いいように動かされ、ぼんやりと開いた目で柳燕の肩越しに天井の木目を眺めている。

本当に愛されているんだろうか。こういうことも愛だというのだろうか。だったら、紗希には柳燕の愛がわからなかった。

◆◆

週末の土曜日はいつもよりも早い時間に鳥の世話を終え、朝食を摂るため寝室を出てきた柳燕に断って友人の個展に出かけることを伝えた。

「ああ、相模《さがみ》くんの個展だったな。わたしは行けないが、よろしく伝えておいてくれ」

大学の恩師である柳燕のところにも招待状は届いていたが、こういう場合忙しい師に代わって紗希が挨拶に行くことも多い。今回個展を開く相模とは大学時代から切磋琢磨《せっさたくま》して絵を描いていた仲なので、紗希としても彼のその後の作品を見るのがとても楽しみだった。

それに、今日は今村も一緒だ。京都駅で待ち合わせをしていて、個展を見たあとは北山のほうまでドライブに行く予定になっている。

紗希は大学時代から使っているスケッチブックが入る大きさのスエードのバッグに画材一式を入れると、鏡の前で自分の格好を確認する。

今村と屋敷の外で会うのに、自分はみっともない姿ではないだろうか。いつもお洒落な今村だから、一緒に歩いて恥ずかしい思いをさせたくはない。初めて出かけたときは何も意識していなかったから、普段着にジャケットだけを羽織っていったが、今度はどうしてもあれこれと考えてしまう。

よしんば深い意味がなかったとしても、好きだと言ってくれた人にあまりにもがっかりされるのは惨めな気がする。あれこれ考えて選んだのは、いつものジーンズと白のシャツ。でも、その上に羽織ったミント色のサマーセーターは柳燕が紗希に似合うだろうと言って、東京のブランドショップで買ってきてくれたものだ。

柳燕はあの年になってもなかなかの洒落者で、和装のときはともかく洋装は決まったブランドのものを季節ごとにまとめて購入している。紗希も買い物に付き添っていくのが常だが、そこでいつも新しい洋服を買い与えてくれるのだ。

曽祖父の代から資産家の柳燕なので、金の使い方は庶民の紗希から見ればかなり豪快だった。屋敷にきたばかりの頃は恐縮していたものの、子どもがいないから紗希が代わりだと言われて、素直に喜んでおくほうがいいのだと思うようになった。

今日もそんな一着を身につけてみたが、今村に会いにいくのに柳燕に買い与えられたものを着ていくことに少しばかり抵抗を感じていた。だが、他に見栄えのするような服は持っていない。このセーターだって高価なものなのに、紗希が着るとどこか地味になってしまうから、自分で自分にがっかりしているくらいだ。

いくら悩んでいてもしょうがないし、これ以上グズグズしていたら待ち合わせの時間に遅れてしまう。紗希は屋敷を出ると、近くのバス停まで駆けていき駅まで行くバスを待つ。次のバスに乗れば、予定していた京都行きの電車に乗れるはず。そう思って画材の入ったバッグを待合のベンチに置いたときだった。

バス停のすぐそばに停《と》まった車がクラクションを鳴らしたので、紗希が顔を上げると、窓から手を振っている今村がいた。

「今村さん、どうしてここに?」

驚いた紗希が車に駆け寄ると、運転席から降りてきて笑顔で手を振る。

「少しでも早く会いたくてね。遠足の日の子どもみたいに早起きしてしまったから、迎えにきたんだ」

「そんな……」

意外にも真顔で子どものようなことを言うから、紗希の頰も弛んでしまう。そんな紗希を助手席へと手招きして、ドアまで開けてくれた。まるで女性をエスコートするときのようにスマートな彼の振る舞いに、胸の鼓動が高鳴ってしまう。

「今日は一日よろしく」

「こ、こちらこそ、よろしくお願いします」

優しげな笑顔にドキドキしながら、紗希が頭を下げてから助手席に乗り込む。すごく楽しみにしていた一日だった。京都駅までの道のり、今村のことをいろいろ考えてこの胸がせつなくなったりするのだろうかと思っていた。なのに、突然目の前に彼が現われて、まるで夢を見ているような気分になっている。

「天気がよくてよかった。でも、北山あたりはまだ冷えるかもしれないな。その格好で大丈夫かい？」

車を運転する今村はそう訊きながら、チラッと紗希のほうを見る。せっかく少しでもお洒落をしようと思って着てきたサマーセーターだけれど、確かに山のほうでは寒いかもしれない。

スケッチに行くときはいつも気候と服装に充分気をつけているのに、今村のほうから指摘されてしまい、浮かれてこんな格好できてしまった自分が少し恥ずかしくなった。

紗希がシートベルトを握り締めて俯いていると、今村は肩にそっと手を置いて言う。

「でも、いい色のセーターだ。君によく似合っている」

きっとお世辞に違いない。でも、そんな言葉が一度沈みかけた紗希の心をリラックスさせ浮上させてくれるから、この人といるのが楽しいと思ってしまうのだ。だから、紗希も笑顔で答える。

「予報では午後からは少し気温が上がるそうです。それに、寒さには案外慣れていますから。特に写生をしていて夢中になってしまうと、暑さとか寒さとかも忘れることが多いんです。対象物だけを懸命に感じようとして気がつくと二時間、三時間と経っていることもあります。先生なんか、五時間も庭で写生を続けることも珍しくありません」

そう言ってから、また柳燕のことを口にしている自分に気づいて慌てて口を閉じる。

「寝ても覚めても絵のことだね。それに、合田先生のことだ。少し妬《や》いてしまいそうだな」

「ご、ごめんなさい」

謝ることなのかどうかわからないままについペコッと頭を下げたら、今村が困ったように苦笑を漏らす。

「冗談だよ。君から絵を取り上げるなんて、誰にもできないことだから。初めて会ったとき、スズメの写生をする君を見て思ったんだ。誰にも立ち入れない世界だって。でも、そんな君に強く惹かれた。大切なものを持っている人間は強くて美しいよ」

今村の言葉に紗希はハッとしたように俯いていた顔を上げる。そして、頬を染めながら精一杯の気持ちで言う。

「それは、今村さんも同じですよね」

「ものを創るという意味ではそうかな。これでも譲れないものは持っているつもりだけどね」

謙遜《けんそん》して言っているが、今村もまた人が立ち入ることのできない確固たる世界を持っている人間だ。彼の仕事を見て、紗希はその大胆さとユニークさに驚き、同時に裏にある緻密《ちみつ》な計算に感心した。相反するものを兼ね合わせて持っている彼の才能を多くの人が認めている。自然をひたすら写生することで美を探究してきた柳燕もまた、そんな一人なのだ。

だが、柳燕は自然の美しさだけでなく、紗希のことも美しいと言いながら思わぬ要求をした。あの夜、この体を縄で縛り、淫らな姿を絵にしてから抱いたのだ。ずっとそうしたかったと言われ、これまで自分が柳燕の本当の気持ちを知らずにそばにいたことを思い知らされた。

絵を認められてそばにいることを許されたのだと思っていたのに、結局はそれだけではなかったということだろう。

そのことで、あれ以来紗希の心は以前にも増して深く難解な迷路の中に迷い込んでしまった。毎晩のように寝室に呼ばれて、これまでにない抱かれ方をする日々。縛られることも当たり前のようになってきている。そして、曖昧だった不安はあの夜を境にはっきりとした苦悩に変わり、それは紗希の絵にも多大な影響を及ぼしていた。

描く自信がなくなり、今となっては禽舎の中にいることさえ辛い。たとえスケッチブックを開いても、右手に持った鉛筆がまったく動かないのだ。美しいミヤマホオジロを眺めても、漏れるのは溜息ばかりだった。

「あれから、スズメの絵はどうなったの？　そういえば、アトリエに描きかけのセキレイの絵があったけれど、あれはもう仕上げたのかい？」

車の窓から外の景色を眺めながらぼんやりしていると、今村に訊かれてハッと我に返る。

「あっ、セキレイの絵は仕上げました。あれは小さな作品だったから……」

「そう。また今度見せてもらっていいかな」

「ええ、機会があれば」

紗希の言葉に今村が笑顔で頷く。この笑顔も柳燕との関係を知らないからだと思うと彼を騙《だま》しているような、ひどく後ろめたい気持ちになる。

約束したときは、柳燕との関係を深く勘ぐられたくないという思いがあったとはいえ、今よりも軽い気持ちだったかもしれない。でも、今は息の詰まりそうな屋敷から逃げ出して、今村とどこかへ行ってしまいたいという気持ちでいっぱいだった。

そう考えてから、ふと紗希は自分自身に問いかける。もし自分が今村の気持ちに本気で応えたいと思ったら、それは可能なことなんだろうか。でも、すぐに心の中で首を横に振った。

できるわけがないことだった。柳燕の庇護のもとでしか生きていけない紗希なのだ。どんなに辛くても、絵を捨てることはできない。これほど思いどおりの絵が描けなくて苦悩していても、絵から離れてはいられない。決まった環境の中でしか生きていけない野鳥のように、紗希もまた絵の描ける場所でなければ生きている意味がない。

それに、柳燕にあんな抱かれ方をしている紗希なのだ。そのことを思えば、恥ずかしくて本当ならこうして今村と一緒にいることさえ憚られるところだった。黙っていればわからないから、彼が東京へ戻るときまでずるい自分に自分で目をつぶっている。

今村が手を引いてくれたので、紗希はどうしても一緒に外へ出てみたかった。今村に迷惑をかけたりしないから、少しだけ屋敷と柳燕から離れて大きく深呼吸したいだけ。外の世界を見てきたらまた屋敷に戻って絵を描けるようになるかもしれない。紗希の望んでいることはそれだけだ。

「京都へはときどき出てくることもあるのかい？」

間もなく京都市内へ入るところで今村が訊いたので、画材を買いにくることもあると言った。

「わざわざここまで。合田先生のところなら業者がまとめて納品にくるのかと思ったよ」

「柳燕先生のものはほとんどがそうですが、自分の画材は自分の目で確かめて選んだほうが無駄もないですし、思っていたとおりのものを見つけられるので」

柳燕から譲り受けたり、使用を許されている画材や岩絵の具も多い。が、それでももらっている月の手当ての多くが自分の絵のための道具に消えていく。そんな生活をしていられるのも、やっぱり柳燕の屋敷で世話になっているからこそだ。

紗希の言葉を聞いて、今村はもし個展を見たあとに必要ならば画材店に寄ってくれると言う。細かいことにも気配りをしてくれる彼に、紗希は恐縮しながら今日はその必要はないことを伝えた。

それから、十分ほどで市内のほぼ中心にある目的地に到着して、今村は車を近所の駐車場に停める。時刻は午前十時三十分になったところで、ちょうどギャラリーが開く時間だった。

「相模くんはもともと京都出身で、東京の芸大時代は柳燕先生の教え子でもあり、僕とも同期生なんです。今は地元の高校の美術教師をしながら絵を描いていて、これが彼にとっては初めての個展になります」

紗希がこれから見る個展について説明すると、今村は入り口のポスターを眺めて頷く。

「なかなか古典的な絵を描くんだね。近頃は若手の作品を見る機会が少なくなっていたから、楽しみだよ」

「学生時代は技術的に彼の右に出る者はいませんでした。僕の作品より彼の卒業制作のほうが大学の買い取りになるんじゃないかって言われていたんです。実際はたったの一票差でしたし、今でも彼のほうが一歩先を歩いているような気がします。こうして個展も開いているわけだし」

そう言うと、紗希はギャラリーのガラス扉を押して中へと入っていく。今村も続いて入ったところで奥から相模が紗希を見つけて駆け寄ってきた。

「津山、きてくれたのか。忙しいだろうに、悪いな」

「おめでとう。卒業して二年でこれだけの個展を開くなんてすごいね」

ギャラリーの中央で顔を合わせた二人は、同じ関西にいながら滅多に会う機会もなかった。

久々に同期の人間に会えば、懐かしさが込み上げてくる。

しばし、学生時代に戻った気分で近況や思い出話をしてから、紗希は手にしていた白ワインのボトルを差し出した。きれいにラッピングしたそれは、昨日のうちに近所の酒屋に頼んで用意しておいたものだ。

「これ、ささやかだけどお祝い。それから、柳燕先生も本当はお邪魔したかったけれど、今は創作のほうが立て込んでいて、申し訳ないと伝えてくれと言われているんだ」

相模は紗希からのプレゼントを受け取ると、頬を弛めて礼を言う。

「それより、紗希のほうこそどうなんだ？　柳燕先生のそばで毎日絵を描いているんだろう。本当に羨《うらや》ましいよ。俺なんか、美術にまるで興味のない連中の尻を叩きながら絵を描かせているんだぞ。おまけに、ようやく描いたかと思えば漫画みたいな絵を提出してくるし……」

高校の美術の教師の職を見つけられるのは、絵画科を卒業した中でもほんの一握りの者だけで、相模はその点幸運なほうだった。それでも、現実は生活のために教師をしながら自分の創作活動をしているのだから、個展を開くだけの絵を描きためるのは大変なことだったと思う。

そういう話を聞かされれば、紗希は自分がどれほど恵まれた環境にいるのかをあらためて思い知らされる。紗希が相模の努力について感心しながら、ギャラリーの壁に飾られている絵をぐるりと見渡して言う。

「これから一つ一つゆっくりと見せてもらうけど、どれも完成度が高いね。さすがは相模くんだって、ポスターの絵一枚を見ても思ったよ」

「お世辞はいいよ。でも、お互い好きな絵から離れて一日も暮らせないよな」

本当にそのとおりだと思う。笑って頷いた紗希に、相模が奥の絵から順番に見ている今村のことを視線で指してたずねる。

「一緒に入ってきたようだけど、彼は？」

「ああ、紹介が遅くなってごめん。彼は今村さんといって、東京からきている空間プロデューサーの方なんだ」

彼が新しい文化ホールの仕事のことで柳燕と交渉を重ねている最中で、現在は京都に滞在していることを話し、今日は休日だというので街を案内がてら一緒に個展にきてもらったと話した。すると、相模が目を丸くして今村を見る。

「空間プロデューサーって、もしかしてあの今村利明？　マジで？　うわっ、驚いたな。そんな大物がいきなり俺の個展なんかに足を運んでくれるなんて、思ってもみなかったよ」

そんな会話を交わしていると、今村がこちらに気づいて紗希のそばまでやってくる。

「どうも。なかなか素晴らしい作品ばかりで、楽しませてもらっていますよ」

今村はそう言うと、さっと相模に手を差し出して握手を求める。相模は柄にもなく頬を染めて恥ずかしそうに握手に応えながら、もう片方の手で頭をかいている。

「恐縮です。まだまだつたない絵ですが、自分なりに精一杯描いているつもりです」

相模は今村が芸大の先輩であることも知っているらしく、殊勝な態度でペコリと頭を下げ

た。

それから、紗希と今村は相模本人の解説を聞きながら一枚一枚の絵を見て、一時間ばかりを過ごした。帰り際に相模は紗希が個展を開くときには、必ず駆けつけるからと言ってくれた。きっと柳燕のところで何不自由なく絵を描いているのだから、そんな日も近いと信じての言葉だったのだろう。

だが、今の紗希はスケッチブックさえ開けないような状況だ。相模のようにりっぱな個展を開ける日など夢のまた夢のような気さえしていた。

久しぶりの大学時代の友人との再会だったけれど、最後には少し暗い気持ちになってギャラリーをあとにした。今村はそれなりに満足したようで、早めのランチを食べに高瀬川《たかせがわ》沿いのイタリアンレストランに入ってからも相模の絵について饒舌《じょうぜつ》に感想を語っていた。

「技術的には確かに素晴らしい。それに、合田先生の影響をかなり受けているね。むしろ君よりもずっとそのカラーが強いと思う」

相模は柳燕の作品の模倣から技術を盗んでいったところがある。そういう意味でも、柳燕が絵に関して本当に内弟子に選びたかったのは彼ではないかと、今でも思うときがあるのだ。それと同時に、卒業制作についても、紗希の作品のほうが買い取りになった一票差というのは、実は柳燕の一票ではないかと疑っていた。

その疑問はずっと紗希の中にくすぶっていたけれど、近頃になっていよいよそうに違いないと思うようになっていた。自分は絵の才能だけで柳燕に選ばれたわけじゃない。体の関係を考えたうえで選ばれたのかもしれない。そう思うとあまりにも惨めだし、相模にも申し訳ない気持ちになる。本来ならなんの苦労もなく、恵まれた環境で絵を描いていられたのは相模だったかもしれないのだ。

春野菜と生ハムとクリームチーズを盛り合わせた前菜の皿を見つめながら、紗希は複雑な心境で今村の話を聞いていた。やはり、今村の目にも相模の才能は紗希を超えていると映ったのだろう。

「だが、一つだけ残念な点がある。きっとそれが君の作品との大きな違いなんだろうが、彼の作品はやや独創性に欠ける。完成度が高い絵ほど、そんな感じがするな」

その言葉を聞いて紗希が驚いたように顔を上げると、今村がさらに続ける。

「卒業制作が一票差だったなら、つまりそういうことじゃないかな。合田先生もそのあたりのことをよくわかっているから、君を選んだんだと思うよ」

「そ、そうなんでしょうか……？」

まるで紗希の胸の内を見透かしていたかのように、不安に思っていたことをきっぱりと否定してくれる。それればかりか、もっと紗希を励ます言葉を口にする。

「君は他の誰でもない。それは望んでも手に入るものじゃない。だから、大切にしなけりゃならないね」

相模の個展を見てすっかり気持ちが落ち込んでいた紗希だったが、今村の言葉でまた救われている。お世辞や社交辞令かもしれないと思いながらも、彼の目の確かさを知っているから信じたくなる。

　目指している道はきっと間違っていない。紗希の描きたいものは、自分の心の中から湧き上がってくる。絵の題材として鳥や花をどんなに写生しても、作品にしたとき絵に本当の命を吹き込むのは自分の感性なのだ。それを人と比べたことなどないからわからないが、紗希には自分が描きたいと思う絵がいつも頭の中にあった。今は少し心が迷路に迷い込んで描けない日々が続いているが、スズメと竹林の絵だってやっぱり諦めることができない。

　柳燕がどんなつもりで自分を選んだのかは彼にしかわからないが、たとえどんな理由であっても、絵を描くのをやめることはできないのだ。

「僕には、絵しかないんです。ずっとそう思って生きてきたし、多分これからもそうだと思います」

「そう。そのことを忘れなければ、大丈夫だよ。今は少し心が迷子になっていても、月並な言葉で言うなら明けない夜はないからね」

　彼の言うとおり、紗希の心の暗闇《くらやみ》には一筋の明かりが差し込んでいる。それは、今村が照らしてくれた明かりだ。

　前菜の皿が下げられ、メインの地鶏《ぢどり》のハーブ焼きにホワイトパスタと焼いたパプリカが添えられたものがテーブルに並び、二人はたわいもない話をしながら食事を続け、ときには顔を見合わせて少し微笑む。

　こんな穏やかな時間を過ごすのは久しぶりだった。そのとき、ふと窓の外を見れば高瀬川の水深の浅い場所で水浴びをするスズメがいるのに気がついた。川の水で羽毛についた汚れをきれいに落とすスズメの横では、すでに水浴びを終えて羽繕いをしているスズメもいる。

その愛らしい姿を見ていると、写生がしたくてたまらなくなる。

もちろん、食事の最中にそんな行儀の悪い真似はしないが、それでも今村が言っていたことがなんとなくわかったような気がする。創作に行き詰まったら逃げ出してしまってもいい。そのうち、心と体のほうが辛抱できなくなって、自分から仕事に戻ってしまう。好きなことなら必ずそうなると言っていた。紗希もこれで三日ほどろくにスケッチをしていなかったが、そろそろ禁断症状が出てきているのかもしれないと思った。

「可愛いスズメが気になって、食事も上の空のようだね」

向かいから今村の声がして、ハッとしたように窓の外から視線を戻す。

「ご、ごめんなさい。あんまり近くで水浴びしているから、つい……」

「見ていると描きたくなってきたかな?」

今村がナプキンで口元を拭いながら笑って訊いたので、紗希は正直に頷いた。

「そうか。それはよかった。じゃ、さっさと食事を終えて、写生しにいこうか」

一緒に食事をしていながら無作法な真似をした紗希なのに、笑って許してくれてデザートとコーヒーをすぐに持ってくるよう店の人に言ってくれる。

「北山のあたりの川だとどんな鳥がいるのかな。あの奥に枝垂桜《しだれざくら》で有名な常照皇寺《じょうしょうこうじ》という寺院があるが、まだあそこの桜には少し早いだろうな。でも、まだ梅が残っているかもしれない」

デッサンをするわけでもない今村まで楽しそうに話しているので、相模の個展を見て少し落ち込んでいた紗希の気持ちもすっかり浮上していた。

今村はいつだって弱っている紗希の心を優しくオブラートのように包み込んでくれる。そして、そのあとにそっと背中を押すような励ましの言葉もくれる。

なぜだろう。柳燕の愛は紗希を息苦しく追い詰め、今村の好意は紗希をとても解放された気分にしてくれるのだ。

今日こそは絵が描ける。たった三日と言われるかもしれないが、紗希にとっては三日ぶりにようやくいつもの自分に戻れたと安堵している。そして、デザートを食べコーヒーを飲みながら、高瀬川のスズメを見つめ、心が弾むような気分を味わっていた。


周山街道をさらに北へと上る山深い道を走っていると、山肌に真っ直ぐ伸びた北山杉を眺めることができる。

「茶室の床柱に珍重されてきたが、木肌の美しさを考えれば利用方法は多いだろうな」

曲がりくねった山道で巧みに車のハンドルを切りながら、北山杉を見た今村が言う。空間プロデューサーというのは建築家のような視点やインテリアデザイナーのような視点も持っていなければできない仕事なのだろう。実際、今村は一級建築士の資格も持っているらしい。自分で図面を引くことは滅多になくても、希望どおりの空間を築き上げるためには、土台の部分からかかわらざるを得ないときもあるようだ。

「あるがままの自然も美しいですが、ああやって長い年月をかけ、たくさんの人が丹念に育てた美しさというものもすごいと思います」

紗希も車の窓から一幅の絵画のような整然とした山肌を見て言った。午前中は少し曇っていたけれど、午後になってすっかり青空が広がって気温も上がってきたようだ。車の窓を半分ほど開けていても寒さを感じることもない。薄着できてしまったことを案じていたが、これなら川原に下りてもきっと平気だと思った。

まずは有名な枝垂桜があるという常照皇寺へ行ったが、やっぱり時期が早かったようで庭の桜はまだ咲いていなかった。でも、そのおかげで観光客は一人もおらず、今村と紗希の二人だけでゆっくりと見学することができた。天皇家とも縁《ゆかり》のある寺でありながら、京都市内からは遠いせいか、かなり寂れた印象がある。

春になるとどこも賑わっている市内の寺院より、紗希はここの静けさと飾らない雰囲気がとても気に入った。飾らないといっても、よく見れば鴨居に菊の紋が入っていたり、建物そのものがなかなか雅《みやび》な造りになっていておもしろい。

「北山には以前きたと言っていたけど、ここは初めてかい？」

「はい。学生のときは電車とバスの旅だったので、ここまではくることができなかったんです。だから、静かでこんないいお寺があるなんて知りませんでした。連れてきてもらって本当によかったです」

紗希が本堂の縁側から中庭にあるりっぱな枝垂桜の木を眺めながら言う。まだ花はなくても、その雄大な姿は充分に見るに値すると思った。

「本堂の傷みが激しいけれど、なかなかいい建物だと思うよ。市内には完成された隙《すき》のない美を誇る寺は多いが、ここはまるで違う。まぁ、金がかかるからメンテナンスもままならないというのが本音なんだろうけど、むしろこの無造作な空間が想像力をかき立ててくれるな」

充分に広い本堂の中央には、なぜか本尊が高い棚の上にのせられている。極めて珍しい祀《まつ》り方だが、そのせいでよけいに空間にゆとりがあるような気がする。空間プロデューサーの今村にしてみれば、まさに創造力が刺激される場所なのだろう。

誰もいない寺で紗希は早速スケッチブックを出して、庭の枝垂桜のデッサンをした。他にもまだ咲き残っていた梅や、木蓮もスケッチした。それに、ちょうど蕾が開きかけた椿を見つけたので、それもスケッチして一時間ばかりを過ごした。

なんだか久しぶりに夢中で写生をして、絵を描く楽しみを思い出したような気がする。だが、今村をずっと待たせていたことに気づき、慌ててその場で立ち上がり左右を見渡した。

「思う存分描けたかな？」

背後から声がして振り返ると、紗希の真後ろで本堂の古い畳の上にゴロンと横になって、腕枕《うでまくら》でこちらを眺めている今村がいた。

「す、すみません。お待たせしてしまって……」

紗希が恐縮して謝ると、今村は上半身を起こして胡坐《あぐら》をかいて大きく伸びをする。

「いや、全然待たされてないよ。近頃時間に追われて仕事をしていたから、久しぶりにのんびりできてよかった」

「でも、退屈だったんじゃないですか？」

「退屈を味わえるなんて、最高の贅沢じゃないか」

そう言ってゆっくりと立ち上がり紗希のそばまでくると、描いたばかりのデッサンをのぞき込む。

「いいね。どれもよく描けているじゃないか」

自分でも悪くないと思っていた紗希は頬を弛めて頷いた。

「なんだか、描くのが楽しくて、手が止まらないんです。だから、時間も忘れて夢中になってしまいました」

「そうか。それはよかった。わたしも懸命にデッサンする君の後ろ姿とまだ蕾の固い枝垂桜を一緒に眺めていられて、なんとも楽しい時間だった」

今村が笑って言った顔を見たとき、紗希はずっとわからないでいた彼への気持ちの意味にようやく気づいた。

（ああ、そうなんだ……）

やっとわかったけれど、自分は今村のことが好きなのだ。それは、柳燕に対する思いとは違う。素直に恋しいと思う気持ちだった。

恋愛をしたことのない紗希はずっとそれに気づかないでいた。今村のほうから気持ちを伝えられたときでさえ、まだよくわかっていなかった。けれど、一緒にいてドキドキしたり、会いたいと強く思ったり、名前を聞いただけで胸が逸るのは、つまりそういうことだったのだ。自分の気持ちをはっきりと認識して、心の中に何か温かい灯火《ともしび》がついたような気がする。そんな紗希を優しい目で見下ろしていた今村がそろそろ川辺に行ってみようと言うので、急いで荷物をまとめて本堂を出た。

寺の参道を駐車場に向かって歩いていると、高い木の上でキツツキの仲間のヤマゲラが幹を突く音がしていた。ヤマゲラもいつか写生してみたい。特にヤマゲラのオスは頭の部分が朱色で、まるで帽子を被ったように愛らしいのだ。

寺から車で十五分ほど走ったところで川辺へと下りていける小道を見つけると、二人して雑草をかき分けて川原のところまで歩いていく。深い山と山の谷間を流れる川は水量こそ多くはないが、透きとおった美しい水だった。

ゆるやかな流れの中には大きな岩もいくつかあって、そこにあたると水の流れが急激に変わる。いかにも小魚を狙《ねら》っていろいろな野鳥がやってきそうな場所だった。それでも、人がいるとどうしても鳥たちは警戒してしまう。そこで、紗希は自分で作って持ってきたバードケーキを小さくちぎって川原に置いていく。

バードケーキは小麦粉と砂糖とラードを混ぜて作ったもので、木の実や青葉も細かくして入れてある。たいていの鳥が喜んで食べにくるもので、屋敷の庭にもショートケーキサイズのものを作って何ヵ所かに置いている。

「寒くないかい？　車にジャケットを乗せてあるから、なんなら取ってくるよ」

水辺でしゃがみ込み鳥がくるのをじっと待っている紗希に今村がそうたずねる。けれど、日差しが思ったよりも温かくて、紗希は笑顔で首を横に振るとまたじっと川の流れを見つめていた。

すると、五分もしないうちにスズメとタヒバリが数羽ずつやってきた。バードケーキを啄ばんでは少し離れたところへ行き、また様子をうかがってはケーキを突きにやってくる。

紗希はその様子を見ながら、急いでスケッチブックに鉛筆を走らせる。タヒバリはまだ冬羽で全身が茶色っぽい。スズメと同じくらいか少し大きいくらいで、地味な羽色だが樹木のない開けたところにいるのでよく目にとまる鳥だ。

バードケーキをほとんど啄ばんでしまうと、スズメとタヒバリは飛んでいってしまった。それでも、一度鳥が集まっていた場所には他の鳥たちも集まりやすくなる。しばらくすると、川の中ほどにある大きな岩にセキレイが飛んできた。少し距離があるが、その白黒の模様ははっきりと見えた。

「あれは、セグロセキレイかな？」

今村が紗希のすぐそばまできて、耳元で囁くようにたずねる。

「いいえ、あれはハクセキレイです。セグロセキレイは顔の部分も黒で、目の上に白いラインが眉《まゆ》のように入っているんです。ハクセキレイは反対に白い顔で、目のところを通る黒いラインが目印なんです」

「ああ、なるほどね。初めて知ったよ」

今村が感心したように言ったとき、そのハクセキレイが岩から川原まで飛んできた。スズメたちが喰い散らかしたバードケーキを突きにきたようだ。普段は昆虫を餌としているセキレイだが、バードケーキも目の前にあれば食べる。

地面に下りてきてもセキレイは比較的落ち着きのない鳥で、滑るようにして動き回る。そんな姿を懸命に目で追ってスケッチしていると、もう一羽のセキレイもやってきた。番《つがい》なのかもしれない。二羽でケーキを啄ばんでは少し離れた岩場に飛んで行き、また戻ってきてはケーキのクズを突いている。

屋敷の禽舎にいるセキレイはツメナガセキレイの番なので、他の種類のセキレイが写生できたのは幸運だった。夢中でデッサンをしていた紗希がようやくスケッチブックを置いて、静かにセキレイのそばへと歩いていく。

警戒して逃げないように少し距離を取って写生をしていたけれど、充分にスケッチしたあとにもっと近くで羽の模様を見てみたくなったのだ。

一歩一歩と足音を立てないように近づいていくと、しばらくそこで跳ねていた二羽が同時に飛び立ってしまった。やはり簡単には人を近づけてはくれない。飛んでいった二羽が、それぞれ川の真ん中の大きな岩と、そこから少し離れた小さな岩とに別れてとまる。そして、互いの無事を確かめ合うように鳴き声を交わしている。

「どうやら番のようだね。鳥はみな仲睦《なかむつ》まじい」

今村が紗希のそばまでやってきて言った。

「自然の中で番のセキレイを見るのはわりと珍しいんです。今日はすごく運がいいのかもしれない」

紗希は二羽のセキレイの姿を見つめながら両手を胸の前で肩幅ほどに開き、その間に川と二羽のセキレイがおさまるようにして絵の構図を考える。

そのとき、紗希の中でカチッとまるで何かがはまるような音がした。この構図でいいんだと確証を持った瞬間のことだった。そして、帰ってすぐにでもセキレイの絵を描きたくなる。この絵をきちんと仕上げられたら、絵に対する迷いが吹っ切れて、きっとスズメの絵も描けるような気がした。

いても立ってもいられない気分で振り返ったとき、川原のぐらつく石に足を乗せてしまい転びそうになる。それをすかさず今村が伸ばした手で支えてくれた。

「大丈夫かい？　気をつけて」

「す、すみません……」

慌てて謝ると今村は紗希の手を握ったままで、じっとこちらを見下ろしていた。いつかのように、抱き締められるのだろうかと思った。髪に触れた彼の唇の感触を今でもはっきりと覚えている。それは、とても優しくて温かいものだった。

しばらくその場で見つめ合っていたが、紗希が照れたように俯きかけたとき、今村に握られたままの手を見て心臓が凍りつきそうになった。手を伸ばしたせいでセーターとシャツの下から自分の手首が出ていて、そこにはくっきりと縄目の痕《あと》が残っていたのだ。

青ざめながらも素早く自分の手を引き寄せ背中に隠そうとしたが、その瞬間今村もまたそこへ視線をやっているのに気がついた。

「あ、あの……」

何か言い訳をしなければと思ったが、こんな痕をどう説明すればいいのかわからない。それに、気まずそうに俯いていたのでは、よけいに今村に奇妙に思われてしまう。食事のときもずっと気づかれないように気をつけていたのに、一瞬無防備になってしまった自分が恨めしかった。

「その手首だけど……」

今村が深刻な表情で問いかけようとしたので、紗希はそれを遮るようにして画材を置いた場所へと駆け出す。もうこのまま荷物を全部ひっくるめて持ち、逃げて帰りたい気持ちだった。だが、こんな山の中からでは歩いて帰ることもできない。

「待ちなさい。ちょっと、待って」

急いで荷物を片づけている紗希の肩に今村の手がかかる。それでも、振り返ることができないでいると、今村が自ら紗希の前に回り込んできた。

「あの、今日はありがとうございました。とても楽しかったです。でも、もう帰らなければならないんです。こんな時間だから。鳥籠にカーテンをかけてやらないといけないし……」

今村の顔を直視できないまま思い出したように説明する言葉は嘘臭いとわかっていても、紗希にはそう言うしかなかった。すると、今村は紗希の肩をそっと宥めるように叩く。まるで焦って嘘を並べ立てなくてもいいと言われているような気がして、たまらなく恥ずかしくなった。

惨めさと情けなさで頬を赤くして唇を嚙み締めていると、今村は微かな吐息を漏らして言う。

「わかった。屋敷まで送っていくよ。あまり遅くなって君が合田先生に叱られては困るからね」

柳燕の名前が出てビクッと体を硬直させたが、今村はそっと紗希の髪を撫でてから一人で先に歩き出した。

川原の土手を上がるときも、荷物を持って後ろをついてくる紗希を見て何度も手を伸ばしかけては引っ込める。紗希にこれ以上気まずい思いをさせまいと気遣ってくれているのがわかって、よけいに居たたまれない気分になった。

結局はそんな紗希から画材を取り上げるようにして持ってくれると、あとは振り返ることなく車まで行ってしまった。

手首にあったのがなんの痕なのか、それをつけたのが誰なのか、今村はきっと気づいてしまっただろう。恥ずかしすぎて、紗希はもうこの場で消えてなくなりたい。柳燕との本当の関係は、誰にも知られたくなかった。特に、自分に優しくしてくれる今村には知られないまま、彼が東京に戻る日まで穏やかな関係を続けられたらと願っていた。

けれど、もう駄目だ。きっと軽蔑《けいべつ》されているはず。紗希が内弟子に選ばれた理由も、絵の才能だけじゃなかったと思ったはずだ。

屋敷へと向かう車の中で紗希は両手を膝の上で強く握り締めたまま、じっと俯いていることしかできなかった。北山からは一時間半ほどかかる道中、今村はあえて手首の痕のことには触れずに紗希の絵のことや、柳燕の絵を飾るギャラリーについてなど、当たり障りのない話をしてくれる。

紗希は小さく頷いたり、短い言葉で答えるのが精一杯で、動揺している気持ちは容易にはおさまりそうもなかった。

やがて車が屋敷の近くまでくると、紗希は今村に次の角で停めてほしいと言った。あまり屋敷のそばまで行って家政婦の誰かに見られたら、今村と一緒に外出していたことが柳燕の耳に入ってしまうかもしれないと思ったからだ。

紗希の希望どおり屋敷から少し手前の道で車を停めると、今村はエンジンも止めて助手席のほうへと体を向ける。そして、そそくさとお礼を言って車を降りようとした紗希の手をつかみ引き止めた。

「紗希……」

今村が紗希の名前を呼んだ。「紗希」と呼んでいいと言ってあったにもかかわらず、今日一日今村から名前を呼ばれることがなかったように思う。なのに、別れる間際になって急に名前を呼ばれた。とても優しい声に泣きたい気分で紗希が何も言えないままじっとしていると、今村の深い溜息が耳に届いた。やっぱり呆れているのだと思うと、身を縮めたまま顔を上げることもできない。

「君を傷つけたいわけじゃない。でも、やっぱりこのままじゃ帰せないよ。ちゃんと話をしよう。話せることだけでもいい。君のことを教えてくれないか」

今村がそう言うと、下を向いたままの紗希の頭をそっと撫でてからその手を頬から顎に回す。軽く顎を持ち上げられたとき、紗希は頬がひどく冷たいのを感じ、自分がいつの間にか泣いていたことに気づいた。

「合田先生とはそういう関係なのかい？」

ごまかしたところでどうしようもない。紗希は小さく頷くと、消えそうな声で答える。

「今村さんの想像しているとおりです」

紗希の答えを聞いて、今村は真剣な表情で「そうか」と呟いた。それから、しばらく言葉を考えていたかと思うと、今度はもう少し二人の関係について踏み込んでくる。

「おそらく、先生が望まれたことだとは思うけど、君自身もそのことについて納得しているの？」

「僕は……」

最初から自分が望んだことじゃない。気がつけばこんなふうになっていた。そして、どこへも行けなくなっていて、他に行く場所も見つからない。絵を描き続けたいなら、柳燕のそばにいるしかない。

「先生のことは誰よりも尊敬しています。僕が絵を描いていられるのも、すべて先生のおかげですから……」

「その見返りに関係を持っているということ？」

そうじゃないと首を横に振ったが、頬を伝う涙は止められなかった。

「君の絵の才能は紛れもない本物だ。君を内弟子に取ったのは、合田先生もそれを認めているからだと思う。けれど、それ以上のことを君自身が望んでいるのかどうか、そのことを知りたいんだ。君の身も心も、先生とともにいることが幸せなら何も言わない。君のことが好きだから、幸せでいるのならそれでいいと思う」

今村は紗希の二の腕に手を当ててそっと上下に動かし、まるで泣いている子どもをあやすような仕草で言葉を続ける。

「でも、もしそうでないなら教えてくれないか。わたしの気持ちは君に届くことがあるのかな。君のことを思っていてもいいんだろうか？」

紗希だって今村が好きだと気づいたばかりなのだ。そんな問いかけになんて答えたらいいのかわからない。それでも、黙ったままでは自分の気持ちの欠片も今村には伝わらない。そう思って、紗希は嗚咽をこらえながら途切れ途切れの言葉で言った。

「先生は僕にずっとそばにいるようにと言ってくれました。愛しいと言われたときも、嬉しくなかったわけじゃないです。先生のことは尊敬しているし、これからも恩師であることは変わらないから。でも、先生に求められると最近は少し辛い。どうしてなのか、自分でもわからないです」

「絵が描けなくなっていたのも、そのせいなのかな？」

「それもよくわからないけれど、多分……」

自分が抱かれるだけの存在なのかもしれないと思ったとき、急に自分の絵に自信が持てなくなってしまった。それでなくても、二年の月日を柳燕のそばで暮らしてきて、少しずつ息苦しさを感じるようになっていたのだ。愛されていても苦しいのはどうしてなんだろう。今村ならその答えを教えてくれるのだろうか。

今村はまた泣き出してしまった紗希を見て、今度は両手でしっかりと体を抱き寄せる。その胸の中で紗希は静かに泣き続けた。みっともないから早く泣きやまなければと思えば思うほど、新たな涙が込み上げてくる。

すべてを話してしまってよかったんだろうか。今村と知り合ってまだ一ヵ月ほどだ。そして、彼は柳燕と大切な仕事を進めている最中なのだ。こんなプライベートなことで迷惑をかけるつもりなどなかった。どうしたらいいのかわからずにいる紗希だが、それでも大きな手で背中を撫でられていると少しずつ心が落ち着いていくのがわかる。

「ご、ごめんなさい。こんなこと話すつもりじゃなかったんです。全部忘れてください。僕は、先生のことも絵のことも……」

　自分の問題だから、自分でどうにかするしかないとわかっている。今村に甘えて縋ろうなんて思っていない。だが、ようやく嗚咽を押し殺した紗希を見て、今村は抱き締めている手に力を込める。

「紗希、君が苦しんでいるなら助けてあげたい。わたしでは駄目かな。もちろん、合田先生が君にとってとても大きな存在だというのはわかるよ。先生が君の絵の才能と、その美しい容姿を慈しんでいるのもよくわかる。でも、君が辛そうに涙を流すのを、黙って見ていることはできないよ」

「今村さん……」

「会うたびに君のことが好きになる。君はどうだろう？　少しはわたしのことも思ってくれるかな？」

　抱き締められて、髪に寄せられる彼の唇が動くたび吐息がかかるのがわかる。今村の胸の中にいると、どんな不安があっても少しだけ救われるような気がする。

　この人を恋しいと思っている気持ちを言葉にしてもいいのだろうか。そんなことが許されるのだろうか。

「紗希、君の本当の気持ちを聞かせてくれないか？」

　今村が紗希の耳元に唇を寄せて、優しく問いかける。そして、紗希の心が崩れ落ちていく。

「僕も……、今村さんが好きです。きっと初めて会ったときから、少しずつ惹かれていたと思う」

そう言った途端、今村の唇が紗希の唇に重なってきた。

恋をすると人は強くなるのかと思っていた。けれど、実際は違うらしい。こんなにも心が脆くなっていて、口づけに溺れている。

唇を重ねただけでこんなふうになってしまうなら、体を重ねたらどうなってしまうんだろう。そんなことを考えてから、すぐにそれだけはあってはならないと自分を戒める。

どんなに今村に心を奪われていても、紗希はまだ柳燕のものなのだ。恩師である彼を裏切ることはできない。でも、この口づけだけは許してほしい。そうでないと、揺れる紗希の心が本当に壊れてしまいそうだったから。

◆◆

「こちらがギャラリーの色見本です。全体的に落ち着いたサンドベージュになる予定ですが、天井は格子状になるので、その中の部分はこちらの色とさらに濃い色で市松にします。絵を展示するガラスケースですが、土台の部分には唐紙を使用して、展示物によっては……」

その後、柳燕の前向きな返事を得て、今村は絵を常設するギャラリーの細かいデザインを説明しにたびたび屋敷にやってきていた。今日は、広い座卓の上にたくさんの資料を広げながら、主にその色合いについて話を進めている。

細かいことはすべて今村にまかせておけばいいようなものだが、柳燕は自分の絵については妥協がないので、気に入らない場所に展示するくらいなら屋敷の倉庫に保管するほうがいいと思っている。

そういう気持ちを汲《く》んでいるからこそ、今村も忙しい合間を縫って足繁く屋敷にやってきては、自ら説明に時間を費やしているのだ。

だが、それ以外にも今村の目的があるのを知っている。それは、紗希に会うためだ。

二週間前、今村は紗希の辛い現状に気づき抱き締めてくれた。紗希はそんな彼に胸の思いを打ち明けてしまった。以来、二人の間には秘密の関係ができてしまった。といっても、紗希には柳燕を裏切ることなどできないので、あくまでもプラトニックな関係でしかない。

ただ、毎夜携帯電話に送られてくるメールのメッセージは優しい言葉に溢れ、紗希の気持ちは好きな人を思ってせつなく揺れる。電話は紗希が鳥の世話をしている時間にかかってくることが多い。その時間なら紗希が禽舎で一人だと知っているから、今村はちゃんとそのときを見計らってかけてきてくれるのだ。

交わす言葉は短くても、声を聞けばその日一日が心穏やかに過ごせる。その反面、柳燕に言えない秘密を持っていることで胸を痛めていないわけではない。けっして裏切るつもりはないから、せめて心だけは自由にさせてほしいと思っているだけ。

近頃は、柳燕が紗希を寝室に呼ぶ回数が増えていた。もちろん、毎晩のように抱かれるわけでなくても、添い寝をするように言いつけられるのだ。屋敷にきて抱かれることにも慣れてきた頃、柳燕の温もりを横に感じることで守られているという思いに安堵して眠っていた夜もある。

けれど、今はひどく後ろめたい気持ちを抱えながら、今村との関係がばれないかと怯えて眠っている。そして、抱かれるときは愛されていることが辛く感じられ、いつも泣きたいような心持ちになってしまう。

そんな紗希の迷いを敏感に察しているのか、柳燕の抱き方はますます激しさを増していた。今でも充分にたくましいが彼なりに体力の衰えを感じているのか、最近では道具や薬の力を借りて紗希を抱くのが当たり前のようになっていた。そればかりか、紗希の淫らな姿を描くことにも余念がない。

昨晩は例の赤い縄で縛られたあげく、祇園の芸妓からもらったという怪しげな薬をまた股間に塗られ、床柱にくくりつけられた。羽織っていた襦袢《じゅばん》が肩から落ちて、割り開かれた股間を晒した姿はあまりにもおぞましくて、とても自分では見ていられなかった。

もちろん、どんな哀願も懇願も柳燕は聞き入れてはくれない。紗希には最初からそんな権利はなかったのだと、この屋敷にきて二年が過ぎた今になっていまさらのように思い知らされている。

後ろに結わえていた髪を解かれ、女性のように髪で半分隠れた淫靡な横顔を何枚もスケッチしたあと、足を閉じることのできない紗希を手と唇で解放に導いた。そして、紗希の放ったものを口に含んだまま、唇を重ねてきたのだ。

『おまえも自分の味を知りたいだろう』

そう言って自分の精液を口移しで流し込まれ、激しくむせ込んでしまった。苦しさばかりか惨めさに泣き崩れても、柳燕は自分が満足するまでは紗希の体を離してくれない。時間をかけて抱かれていると、愛されているのか嬲《なぶ》られているのかわからなくなっていく。

繰り返し果てることを強要され、どこまでも淫らな姿になった紗希を柳燕は「可愛らしい」、「愛らしい」と、まるで小鳥を愛でるときのような言葉で表現する。

最後に自ら貫くときには縄を解いてくれるけれど、体中に残った縄痕が柳燕によって押された刻印のようで、紗希は逃れられない自分の宿命というものを思い知らされる。でも、これは自ら飛び込んできた檻の中なのだ。ここから出られないと嘆くことが、そもそも間違っているのかもしれない。

紗希は客間で話す柳燕と今村の間で、必要のなくなった資料を片づけたり、打ち合わせの内容のメモを取ったりしながら心の中で小さな吐息を漏らす。そのとき、客間の外廊下から声がかかった。

「失礼します。お茶をお持ちしました」

同席していた紗希はすぐに襖を内側から開けて、お茶の盆を受け取って座卓まで運んだ。広げられた資料に気をつけながら、今村と柳燕の前に湯呑みと和菓子をのせた菓子皿を並べる。柳燕は真剣に色見本を眺めていたが、今村は小さく「ありがとう」と紗希に言って笑顔を向けた。

柳燕がいる場所では視線を合わせることさえ憚られる。それでも、同じ部屋にいて彼の姿を見ていられるだけで嬉しい。そんな胸の奥が擽られるような心持ちでいた紗希に、柳燕から声がかかる。

「紗希、おまえはどう思う。唐紙があまりうるさいと絵の邪魔をしそうで気になるが……」

訊かれた紗希は柳燕のそばへ行き、サンプルとして並べられた唐紙の模様を見ていく。単色のシンプルな模様なら、色合いを選べばきっと問題ないんじゃないだろうか。むしろ、冷たい金属板や色目の合わない木材よりはいいような気がする。それに、普通の紙よりは高額とはいえ張替えも簡単で、美観を保っていられる。

紗希が遠慮気味に意見を言うと、柳燕はサンプルのいくつかを手にとって今村にそれで進めてほしいと伝えていた。自分のアイデアが通って今村も満足そうだった。とりあえず、そこまで話をしたところで今日の打ち合わせは終わった。二人がお茶を飲みながら世間話をしている間、紗希は今村から渡された資料を集めると、それらを持って客間を辞する。

そして、資料を柳燕の書斎へと運ぶと、すぐに庭の禽舎へと向かった。誰かに聞かれたら、スケッチをするためと答えるよう画材も持っている。でも、本当はそれだけのためじゃない。

柳燕と話を終えた今村が庭に出てきてくれることを知っているからだ。

万一柳燕が一緒に庭に出てくるようなら、紗希は禽舎でスケッチをしていればいい。だが、今は依頼された作品の仕上げで忙しい柳燕なので、話が終わればすぐにアトリエに入ってしまうだろう。

二人きりになれたら、またあの楢の木の下へ行こう。初めて今村に抱き締められた場所だ。あそこは屋敷から死角になっているので、二人で話していても誰かに見られることもない。そこで、わずかな時間でも今村と一緒にいられたら、しばしの間紗希は柳燕とのただれたような夜の営みを忘れることができる。

柳燕に愛されることがいつしかこんなにも重荷になってしまった。けれど、逃げ出すことはできない。今の紗希にとって救いは今村の存在だけだった。

禽舎のそばでいつものように地面に餌を撒いてスズメを集め、紗希がスケッチをしているとしばらくして今村がやってきた。

彼はたとえ誰に見られても堂々と庭を案内してもらっていたと言うつもりらしく、紗希のように周囲を過剰に気にすることもなく自然体だった。でも、それがかえってよかったのか、廊下ですれ違った家政婦の人にも何も言われることなく、笑顔で庭へと送り出されたと言う。

「また、スズメかい？　セキレイの絵はどうしたの？」

今村がスケッチをしている紗希の背後からたずねたので、振り返って笑顔で答える。

「セキレイの絵は下絵を描き終わったところです。先生にもいい構図だと誉めてもらえました」

そう言って立ち上がると、スケッチブックを閉じて今村に向き合った。その紗希の顔を見つめて、今村が優しい笑みを浮かべて言う。

「紗希、会いたかったよ」

紗希もはにかんだ笑顔で頷く。本当は許されないことだとわかっているのに、心を止めることができない。けっして知られてはならないと思っていた柳燕との関係を話しても、今村は紗希を思う気持ちは変わらないと言ってくれた。それが、なによりも嬉しかった。汚れていると軽蔑されることはなく、絵ではなく体で柳燕に取り入ったと思われることもなかった。紗希の立場を正しく理解しようとしてくれて、なおかつ励ましてくれる彼にはとても感謝している。本当なら甘えていい立場ではないけれど、彼が関西にいる間だけは一緒に時間を過ごしたい。

その間にきっとあのセキレイの絵も仕上げることができると思う。そうすれば、紗希の絵は一歩前に進める。たとえ東京に戻った今村とこの先二度と会うことができなくても、絵さえあれば紗希は生きていけると思っていた。

「先生の常設展のお話、うまく進んでいるようでよかったです」

「紗希の口添えは大きいから、助かっているよ」

「そんな。先生は僕なんかの意見で左右される方じゃないですから」

「絵に関してはそうだろうな。でも、君の美的センスに関しては高く評価しているのも間違いないだろうから」

そんな会話を交わしながら庭を歩き、どちらからともなくあの楢の木の下へと向かう。本当に話したいことは他にあるけれど、それを口にしたら心の歯止めがいよいよきかなくなりそうで怖いのだ。

　だが、屋敷からすっかり姿の見えない場所までくると、今村がズボンのポケットに入れていた手を出すなりすぐさま紗希の体を抱き締めてきた。

「い、今村さん……」

「仕事とプライベートは別だと思っても、君のことを考えながら合田先生と話しているのは結構きついもんだな。画家としては尊敬しているが、一人の男としては嫉妬《しっと》で狂いそうになるよ」

　そう言いながら、大きな手で紗希の頬を撫でる。その表情はけっして感情をむき出しにしたものではないが、やはり複雑なものだった。

「ごめんなさい、僕は……」

「ここを出たら絵を描くことはできないのかな？　合田先生のそばを離れることはどうしてもできないかい？　できることなら、今すぐ君をここから連れ出したいよ」

　自分はここから逃げ出すことはできない。そう諦めている紗希は悲しい気持ちで答える。

「今村さんのことが好きでも、先生にはたくさんの恩義があります。それに、僕はまだ自分の絵に自信が持てないんです。だから、中途半端なままじゃここを出ていけない……」

　紗希はまだ画家として世間に認知されている身じゃない。柳燕や今村が認めてくれた才能があるとしても、それがどのくらい通用するのかもわからない。柳燕の後ろ盾をなくして日本画壇で独り立ちしていくのがどれくらい厳しいことか、それは先日の相模の話を聞いても充分すぎるほどわかる。

もちろん、紗希の本来の希望は絵を描き続けることであって、柳燕の力を借りて日本画壇に名乗りを上げたいということじゃない。でも、今ここを出ていけば、絵さえも描けなくなった何者でもない自分になってしまう。そんな自分が今村に愛されるわけもない。

「君を無理矢理ここから連れ出す権利などないとわかっている。切り捨てることのできない合田先生への尊敬の念も理解できる。でも、決心がついたらわたしはいつだって君の手を引くつもりだ。だから、本気で考えてほしい」

「今村さん……」

この仕事が終われば東京に帰ってしまう人なのに、どこまでも真剣なのだと痛いほどに伝わってくる。そして、難しい人生の選択を迫られて、紗希の心はひどく困惑している。けれど、不思議なことにこの困惑は柳燕に激しく求められるようになったときと違い、紗希の筆を迷わせることはない。

納得のいく作品を仕上げること。それが、今の自分ができる精一杯のことだとわかっていて、その先に自分の出すべき答えがあるような気がするのだ。

「紗希、今度はいつ二人で会えるかな？」

これ以上紗希を追い詰めることは本意ではないと思ったのか、今村が話題を変える。将来のことは見えないから、明日や明後日のことを考えて一緒にいたい。

「今週の木曜日には、大学の講義のため先生は東京へ行かれるので、その日ならきっと大丈夫だと思います」

「そう。じゃ、その日にまた迎えにくるよ」

紗希は笑顔で頷くと、東京へ行く柳燕がいつも屋敷を出る時間を伝えておく。万一それより早く屋敷にきて、顔を合わせてしまったら言い訳で面倒なことになりかねないと思ったからだ。それに、朝は紗希にも鳥の世話がある。

「毎日紗希のことを思っているよ。だから、紗希も絵を描いている時間以外で、少しはわたしのことを思ってくれるかな?」

紗希だっていつも今村のことを思っている。近頃では、柳燕の腕に抱かれながら、自分が今村に抱かれているのだと頭の中で考えている。そうすれば、不本意な道具や薬を使った激しい性交にもどうにか耐えられるから。

どれくらい自分が今村のことを思っているかうまく言葉にできなくて、紗希は彼の胸にそっと両手を当ててそこに自分の頬を寄せる。今村はその体を強く抱き締めると、紗希の顎に手をかけて顔を上げさせた。

唇が重なってくると、紗希の心はまた今村に奪われる。絵を失ったら生きていけない。でも、今村を失ったらどうなんだろう。自分はこれまでの自分のように生きていくことができるのだろうか。

深い口づけを受けながら考えてみたけれど、きっとそれも無理のような気がしていた。

いけないとわかっていても、一分一秒でも今村といたいと思ってしまう。柳燕の眼《め》を欺きながら、何度か短い逢瀬《おうせ》を重ねて数週間が過ぎていた。新しい文化ホールの建設は着々と進み、柳燕との打ち合わせも大詰めに入っており、もはや今村が東京へ戻るのも時間の問題になっている。

そんなある日、柳燕は京都画壇の集まりに呼ばれ、朝から出かけていた。一年に一度開かれる全国規模の日本画展に出品された絵の審査の仕事で、帰りは夜の懇親会を終えてからなので遅くなるはず。

紗希も一緒についてくるように言われていたが、午後からかねてより業者に発注していた新しい鳥がやってくるので、その受け取りと世話をしなければならない。そのことを話すと、今日は屋敷に残ることを許された。東京の大学の講義以外では柳燕の外出に付き添うのが当たり前になっていたので、こういう日は近頃では珍しかった。

一人で屋敷に残って例のセキレイの絵の色づけをしていると、柳燕が出かけて間もなく鳥の業者から連絡が入った。午後からの予定を都合により午前中にしてほしいというのだ。それは一向に構わないと返事をしたら、業者はそれから三十分ほどで柳燕が頼んでいたコイカルの番を運んできた。

コイカルは黄色い嘴に白いお腹をしている鳥で、オスはやや青みがかった羽を持ち、頭の部分も同じ色をしている。メスは他の鳥と同じようにオスよりは地味で、全体が茶色がかっている。スズメに比べると一回り大きく、黒目がちな瞳がなかなか愛らしい鳥だ。

コイカルを受け取った紗希はいつものように禽舎に入れてやり、業者から世話に関する注意を聞いておく。業者が帰ったあとは早速スケッチブックを持ってきて、デッサンを始めた。

柳燕が描くために買った鳥を先に作品にしてしまうのは憚られるが、デッサンくらいなら鳥の世話をしている特権だと思って許してもらっている。もちろん、柳燕がそれについて文句を言わないことも知っている。

スケッチをしている間にセキレイの絵の色づけした部分が乾けば、午後からは他の色を入れていくつもりだった。日本画で使う岩絵の具は、色をのせたあときちんと乾かしてからでないと次の色を入れることができない。繊細な仕上がりは時間と手間のかかる作業の賜物《たまもの》で、油絵のように塗り重ねていくことができないだけに、絵を生かすも殺すも下絵の構図と色の選択次第というところがある。

それ故に、絶対的なデッサンの力と空間を巧みに使う想像力、そして色彩感覚のセンスが必要となるのだ。それらは努力で得られるものとは限らず、そこにはやはり才能というものの大きさを感じざるを得なかった。

紗希が禽舎でコイカルのスケッチをしていると、ジーンズのポケットに入れていた携帯電話が鳴った。もしかして柳燕からかと思ったが、取り出して着信表示を見ればそれは今村からだった。

慌ててスケッチブックを置いて電話に出ると、今村は紗希に今少し話していても大丈夫かとたずねる。紗希が柳燕の外出を伝え、今自分は禽舎にいることを話すと、安心したように声を和らげるのがわかった。だが、彼の言葉は紗希の心を抉《えぐ》るものだった。

『残念なんだが、来週には東京に戻らなければならない。合田先生との交渉もほぼ目処《めど》がついたからね』

もちろん、まだ本契約が残っているし、今後も何かあればこちらにきてプロジェクトの窓口として打ち合わせに立ち会うが、ずっと仮の住まいとしていた京都の滞在先からは来週早々にも引き上げるという。

いつかこんな日がくるとわかっていた。でも、その言葉を今村から聞かされて、思ったよりも強く心に痛みを感じている。取り乱してどうなることでもないのに、やっぱり泣いてしまいそうになっている自分がいた。

「本当に残念です。でも、最初からわかっていたことですから……」

紗希ができるだけ自分の感情を押し殺して言うと、電話の向こうで今村の深い吐息が聞こえた。結局は、差し出された彼の手を取る決心がつかなかった。もともとそんな勇気が自分にはないとわかっていた。だから、少しの間夢を見ていただけだと思っている。

でも、今村に会えてよかった。彼のおかげで紗希はまた絵を描く自信を取り戻しつつある。それだけでも彼に深く感謝したい。

そんな紗希に今村が真面目な声で問いかける。

『先生はいないって言ったよね？　だったら、今から出てくることはできないかい？　どうしてももう一度君に会いたいんだ』

今村の誘いに戸惑った。けれど、紗希もこのままで終わりにはしたくなかった。せめてあと一度だけ彼に会って、優しい笑顔が見たい。できればそっと抱き締めて口づけをしてほしい。それだけで紗希は今村の思い出と一緒に生きていけると思った。だから、思わず後先のことも考えずに「イエス」と返事をしていた。

柳燕は今夜遅くにならないと戻らないはず。ならば、紗希が夕刻までに戻ればこれまでのように何もばれることはないだろう。途中まで車で迎えにくるという今村と落ち合う場所を決めて、紗希は急いで出かける準備をした。屋敷の者には必要な画材があるので、京都まで買いに出かけると言っておく。これで万一帰宅が柳燕より遅れても言い訳ができる。

屋敷を出た紗希はバスを待っていることができなくて、タクシーで最寄駅まで行き、京都方面に向かう電車に飛び乗った。いけないことをしているという自覚はある。でも、この気持ちをどうすることもできない。今村に会いたい。今はただそれだけだった。

約束の駅で降りると、改札を抜けて駅前のロータリーへと向かう。周囲を見渡したが今村の車は見当たらない。どうやら自分のほうが早く着いてしまったようだ。そこで携帯電話で今村がどこにいるかたずねようと思ったが、車を運転している最中なら電話に出ることはできない。

焦っている自分がみっともなくて、手にした携帯電話をジーンズのポケットに押し込もうとしたときだった。いきなり背後から誰かの手が肩にかかった。驚いて振り返ると、そこには少し息を切らし、前髪を乱した今村が立っていた。

「車を停めるスペースが見つけられなくてね、少し離れたところに停めたからここまで走ってきたんだ」

笑って言う今村を見て、焦っているのは自分だけじゃなかったとホッとした。それと同時にこの人がこんなにも愛しいという思いが込み上げてくる。

「今村さん……」

名前を呼んだ途端、今村が紗希の体を抱き締める。

「紗希、きてくれてよかった。本当に会いたかったよ」

男同士で抱き合っているだけでも不自然なのに、こんな場所で唇を重ねるわけにはいかない。でも、気持ちを抑えるのがとても苦しい。そんな思いは今村も同じなのか、すぐに紗希の手を引くと車を停めた場所まで戻る。

「行こう」

紗希を助手席へと促して、今村が言う。

「どこへ……?」

問いかけても返事はなかった。すぐに走り出した車は京都方面へと向かう。多分、もう何を話しても仕方がないのだ。二人の間にある思いは言葉ではどうすることもできない。無言で車を走らせる今村と、同じように無言で助手席に座り、じっと前を見据えている紗希。

残された時間の少なさを思いながら窓の外を流れる景色を見つめていると、やがて車は河原町近くの駐車場に入っていく。すぐ横には町中とは思えないほど木々に囲まれた場所があり、少し歩いていくうちに檜《ひのき》材を惜しみなく使った数寄屋《すきや》造りの建物が見えた。

そこは京都でも有名な日本旅館で、西陣《にしじん》の裕福な織物問屋が別荘として建てたものらしく、格子戸から玄関までのアプローチはまるで隠れ家に入り込んでいくような雰囲気だった。

「こちらにいる間、ずっとここに滞在していたんだよ。外見は年代ものだが、中はさほど古めかしさはないんだ。むしろ使い勝手のよさに重点を置いて計算された部屋が気に入っていてね。客につかず離れずの接客もちょうど具合がいい」

そんな説明をしながら、今村は紗希を連れて待合の部屋を通り抜け自分の部屋へと向かう。その贅沢な造りに驚きながら、今村について長い廊下を通り抜け、突き当たりの部屋の前まできた。

「入って」

鍵を開けた今村に言われて紗希が部屋に上がると、そこは広い和室が右手にあり、左手には三畳ほどの書斎のスペースがあった。書斎のデスクには仕事の書類や資料、図面などがいっぱいに広げられていて、片隅にはラップトップが置かれている。

手を引かれたまま和室に入ると坪庭が見えて、そのさらに奥には六畳ほどのベッドルームがあった。そこだけは完全な洋間になっていて、和と洋を巧みに融合させた部屋になっていた。

わけもわからないまま寝室に連れていかれた紗希は、ようやくそこで足を止めた今村の顔を見上げた。すると、いきなり彼の手が紗希の体を強く抱き締めてくる。

「今村さ……ん」

名前を呼んだ瞬間、唇が重なってくる。強く、深く、今までとは違う口づけだった。そして、体がそのまま後ろのベッドへと押し倒されてしまう。ベッドの上で横たわった紗希の髪を撫で、頬から顎にかけて指先がなぞっていく。そして、首筋から下りていった手はシャツの上から紗希の胸に優しく触れる。

突然のことに驚きながらも、紗希は抵抗できなかった。なぜなら、紗希もまたそれを望んでいたからだ。けっして柳燕を裏切るまいと思っていた。心の中で今村を思っていても、秘密の逢瀬を繰り返していても、せめて体だけは許さずにいようと思っていた。それが、恩師である柳燕に対する紗希なりの忠誠心だと考えていたからだ。

けれど、もう会えなくなると思ったら、一線を越えるまいと踏み止まっていた気持ちが決壊してしまった。

「紗希、君が欲しいんだ。このまま東京に戻ることはできない。だから……」

このまま抱いていいだろうかと今村の目が問いかける。性急に紗希をベッドに押し倒しながらも、今村は紗希が望まないと言えば触れている手を引くのだろう。こんなにも近くに今村を感じていて、自分が望んでいないなどとは言えない。恋しくて、せつなくて、紗希の体は心とともに壊れそうになっているのだから。

「僕も、今村さんとそうしたいです」

紗希は消え入るような声でそう答える。生まれて初めて人を心から好きになった。そして、その人に自分の気持ちを伝えたばかりか、体を重ねたいとまで言ってしまった。こんな勇気がどこにあったのだろう。でも、それくらい今は今村と一緒にいるということに夢中だったし、溺れてしまっていた。

後悔するかもしれない。この先は彼の温もりを思い出しては、泣き暮らすのかもしれない。それでも、思い出がないよりはいい。成就しない恋なら、せめて思い出が欲しかった。

「よかった。そう思ってくれていて。今だけは君は他の誰のものでもない。わたしだけの紗希でいてくれ」

頰を染めて頷く紗希の唇にもう一度口づけが落ちてくる。それと一緒に今村の手が紗希のシャツのボタンを外していく。素肌に触れてくる大きくて温かな手に、紗希の心は震える。柳燕の手ではない、この感触を体中に刻みつけてほしい。

そんな望みは今村の手によってすぐに叶えられた。シャツを脱がされて、ジーンズの前が開かれ、背中から手を差し込むようにして下着ごと膝まで下ろされる。まだ午後になったばかりの時間で、すぐ横の坪庭からはわずかだが日差しが差し込んでいる。明るい部屋ですべてを今村の目に晒し、紗希は羞恥に身悶える。

柳燕の手によって何度もあられもない格好を強いられてきた。そんな姿を写し取られたばかりか、道具で辱められた惨めな姿も晒してきた。なのに、今は股間を見られるだけで全身に火がつきそうに恥ずかしい。

「あ、あまり見ないでください……」

ベッドで仰向けになったまま両手で自分の顔を覆いながら言えば、今村は小さく声を漏らして笑う。すでに硬くなっていたそこを見られて、はしたないと思われたかもしれない。この期に及んでそんな心配をしていたら、今村は身を捩る紗希の腰を片手で押さえ、もう片方の手で内腿《うちもも》を開いて股間に唇を寄せてきた。

突然のことに驚いたように掠《かす》れた悲鳴を上げたが、今村の手はさらに強く紗希の両足を割り開き、膝裏から抱え上げてしまう。

「あっ……。だ、駄目……っ」

柳燕には何度もそうされたことがある。けれど、今村の唇が自分のペニスをくわえている と思っただけで、紗希の股間は弾けそうになっていた。こんなにも簡単に、それも今村の口で果てるなんてできない。そう思って懸命に耐えようとするけれど、それはあまりにも空《むな》しい抵抗だった。

「んんっ、んくぅ……っ、あっ」

シーツを握り締め、顔を左右に振りながら喘ぎ声を押し殺そうとするが、それすらもままならない。今村の舌と唇が絶え間なく与えてくる刺激に、紗希はついに耐え切れなくなり呻《うめ》き声を漏らすと同時に達してしまった。

「ああ……っ、うふ……ぅ」

荒い息で肩を揺らしていると、今村の手がそんな紗希の体をベッドの上で返してしまう。脱力していた紗希はされるがままに体を返し、引かれるがままに腰を持ち上げる。何をされるのか、今は考える余裕がない。今村の口で果ててしまったという現実に、頭の中が真っ白になっていた。

だが、次の瞬間、思ってもいない感触に振り返って今村に懇願の言葉を叫んだ。

「いやっ。駄目です。そんなこと、しないで……っ」

今村は紗希の腰を持ち上げ、割り開いた後ろの窄まりに舌を差し込んできたのだ。舌ばかりじゃない。口に含んでいた紗希の精液をそこに送り込み、濡らそうとしている。逃げ出したいけれど、今村の手から逃れるために腰を振ればもっと淫らな姿になってしまう。

「お、お願いっ。今村さ……んっ。んんっ、ああ……っ」

こんなことはしないでほしいと思っているのに、だんだん体が溶けていくように力を失っていく。淫らな疼きが下半身から込み上げてきて、一度果てたそこがまた熱くなっていくのがわかる。

「ああ……っ、うく……っ」

今は薬を使われているわけでもないのに、逃れられない快感が紗希を縛る。柳燕に与えられる羞恥とはまるで違う。今村が与える羞恥はどこまでも甘かった。頬をシーツに押しつけ丹念な愛撫に身をまかせていると、濡れそぼったそこに今度は指が差し込まれる。

「あう……っ、んんっ、ふう……っ」

指の抜き差しに合わせて声が漏れてしまい、いよいよ恥ずかしくて紗希が足を少し閉じようとした。だが、今村はそれを許してはくれず、背中に覆い被さってきて耳元で囁く。

「紗希、いい子だから、そのまま腰を上げていて」

優しい命令に紗希は泣きそうになりながらも、逆らうことができない。じっと腰を突き出すような格好でベッドの上で四つに這っていると、すぐ後ろで今村が自分のシャツを脱ぎ捨てているのがわかった。振り返って彼の体を見てみたいけれど、自分の格好を思えばそんな余裕もない。

シャツやズボンが床に脱ぎ捨てられる音がして、すぐに今村の手が紗希の腰にかかった。

「いくよ」

そう声をかけられてハッとした瞬間、双丘を左右に割り開いて窄まりに今村自身が当てられる。そして、すぐに押し込まれていく痛みを感じた。

「ああーっ、あくぅ……っ」

近頃は柳燕にたっぷりと潤滑剤を使われ、官能を高める怪しげな薬を使われていたせいで、挿入の痛みを感じることはあまりなかった。だが、自分の精液を潤滑剤代わりに使われている今は充分とは言い難い濡れ具合に、引きつるような痛みがあった。

「あっ、いっ、い……っぅ」

思わず声が漏れた。

「痛いかい?」

紗希の体が硬くなっていくのに気づいて、今村が少し荒くなった息で訊いてくる。一度首を縦に振ってから、慌ててそうじゃないと今度は横に振る。それを見た今村は紗希が痛みを感じていることを察したのだろう。うなじに唇を押し当てて言う。

「紗希もこうしたいって言ったよね。だったら、もう少し辛抱して」

これは自分が望んだことだから平気だ。この痛みだってちゃんと覚えておこうと思っていた。メチャクチャに濡らされているときより、このほうが今村自身をはっきりと感じることができて嬉しい。

深く押し込まれていくごとに、紗希は自分の体が痺れていくのを感じていた。痛みと快感が混じり合った、言葉にならない感覚が全身を包み込んでいる。こんな感覚は初めてで、このままだと自分がどうにかなってしまいそうでだんだん怖くなる。

「い、今村さん……」

紗希は不安から振り返って彼の名前を呼んだ。すると、今村が手を伸ばして紗希の頬を撫でてくれる。その温かい手の感触に少しだけ安堵の気持ちが広がった。そんな紗希の顔を見て今村が言う。

「やっぱり、君の顔を見ていたいな」

紗希もそのほうがいい。そう思った途端、ベッドの上で繋がったまま体を表に返される。

「あっ、ううーっ」

また少し痛みが走ったが、それでももう体は充分に溺れていた。今村が紗希の股間に手を

伸ばし、そこの様子を確かめる。

「まだ苦しそうだね。でも、それだけじゃないだろう？　ここがこんなになっているよ」

言葉で言われたとおり、紗希の股間はまた熱く硬く勃ち上がっている。そこを指先で摘みながら擦られると、先端から先走りがこぼれていくのが自分でもわかって、たまらない気持ちになる。

どうしようもないほどに乱れた自分を晒しているという事実に気持ちが煽《あお》られ、紗希はどこまでも淫らに落ちていく。こんな自分でも呆れないでほしい。柳燕に慣らされた快感に従順すぎる体を軽蔑しないでほしい。そう願って紗希は今村に向かって懸命に手を伸ばす。

「紗希、可愛いよ。ずっと君を抱きたくて、どうしようもなかったんだ」

「ぼ、僕も、本当はこうしたかったから嬉しい……」

繋がったまま唇を重ね、しっかり互いの背中に手を回して抱き締め合う。これ以上ないほどに一つになっていると感じられた瞬間だった。そして、今村の動きが速くなり、紗希は新たな快感に翻弄《ほんろう》されるように自らも腰を揺らす。

今村の硬い下腹に擦られて紗希の股間が弾け、生温かい滑りが飛び散ったのがわかった。それとほぼ同じくして、体の中に熱いものを感じた。今村もまた紗希の中で果てたのだ。最後に強く奥の奥まで打ち込まれ、今村の放ったものは紗希の体の芯へと染み込んでいくような気がした。

許されないこととわかっていても、どうしても自分を止められなかった。体の奥についた今村の証《あかし》が一生消えなければいい。そうすれば、この先何度柳燕に抱かれても、紗希は体の奥で今村の存在を感じていられるのに。

そう思っていると、紗希の頬に涙が伝う。初めて愛した人と思いを遂げることができてよかった。この先、もう二度と胸を焦がすような熱い恋をしなくても構わない。紗希は今日という日をけっして忘れることはないだろう。

◆◆

『東京へ行っても必ず連絡するよ。またこちらにくる機会もたびたびあるから』

そう言い残して今村は京都を去っていった。だが、紗希はこれ以上今村との関係を続けることをすでに諦めていた。

あの日今村と抱き合って、離れ難い思いのまま屋敷の近くまで車で送ってもらったのは夜の七時を過ぎてからだった。審査のあと懇親会などがあって、帰宅は遅くなると言っていた柳燕だが、紗希が屋敷に帰ったときはすでに自分のアトリエに入っていた。

驚いた紗希がすぐにアトリエに顔を出しにいくと、懇親会は断って帰ってきたという。特に理由はないと言っていたが、屋敷に紗希がいなかったことで少し機嫌を損ねていたようだ。

画材を買いにいっていたという言い訳は疑われることはなかったが、すぐに湯を使って寝室にくるように言われたときはさすがに不安だった。

今村に抱かれたばかりの体はまだ熱を持ったように火照っていて、いつもと違うことがばれないかとひどく肝を冷やした。風呂で何度も自分の体を確認したが、今村の残した目立った痕はなかったのは幸いだった。

だが、柳燕は紗希の体を愛撫しているうちに、後ろがいつも以上にほころんでいることに気づき訝《いぶか》しんでいた。その理由を問い詰められたとき、紗希は苦し紛れに自分の指で慰めたのだと言ってしまった。

前ではなく、後ろを慰めたという紗希に柳燕は少し機嫌を直したようだった。そして、一人でやったというとおり、柳燕の前でそれをして見せるように言われた。そうすれば、今夜は縛ることも道具を使うこともしないと言われて、紗希にはどうすることもできなかった。

渡された潤滑剤を指に取り、柳燕に背を向けて自らの後ろを慰める姿を晒した。四つに這って、足を大きく広げるように言われ、さらには腰を高く上げるようにも言われた。とんでもなく無様な姿を柳燕は気に入ったらしく、すぐにスケッチブックを広げていた。こんな姿まで描き留めておきたいと思うその気持ちは、もう妄執にも近いような気がして、紗希は恐ろしくなってしまった。

柳燕からは逃れることができない。これまでは自分の意思で逃げることはしないと決めていたつもりだった。だが、この夜を境に自分は逃げないのではなくて、よしんば逃げる気になっても逃げ出せないと気づいたのだ。

もはや、女性にカムフラージュすることもなく、紗希のまま描かれた淫らな姿態の絵は何枚もある。下描きばかりではない。きちんと作品として仕上げられたものもあるのだ。こんな絵が誰かの目に触れたなら、紗希は恥ずかしくて生きていけないだろう。

すべて柳燕の想像の産物だなどという言い訳は通用しない。紗希がどこへでも連れて歩くほど溺愛《できあい》している弟子というのは、知る人なら誰でも知っている事実だ。

それに、柳燕は徹底した写生のもとに作品を仕上げることは有名で、それは花鳥画に限らず人物画においてもそうだと世間も認識している。すなわち、淫らな姿を描いた絵もまた、すべて実在のモデルを写生したものだと判断されるだろう。

それに、今村との一件がばれたなら、柳燕は激怒して例の絵の依頼と常設展のための絵の貸し出しを断ってしまうかもしれない。常に作品のことを第一に考えているから、今村の人柄や、紗希とのことでなんらかの疑念を抱いたところで、その仕事ぶりが誠実で才能あるものなら感情で「ノー」ということはないと信じていた。

だが、万一紗希が今村に体を許したことを知れば、ここまで進んだ話を全部反故《ほご》にする可能性もないわけじゃない。紗希が一番避けたいのは、実はそのことだった。自分はどんなに叱責《しっせき》されても、罰を受けてもかまわない。ただ、今村がやっとここまでこぎつけた話が立ち消えになることのないようにとだけ祈っている。

そのためにも、もう今村とのことは諦めたほうがいい。これだけ距離を置けば自然と心も離れていくかもしれない。今はとてもそんなふうに考えられなかったが、時間をかければきっと思い出として彼の存在を胸に秘めておくことができるだろう。

そして、紗希は自分の絵に打ち込むことで自分自身を奮い立たせていた。絵を描いている自分が本当の自分なのだ。絵を描けなくなったなら、飛べなくなってしまった野鳥と同じだ。飛べない野鳥は餌を得ることもできず、やがては死んでいく。紗希もまた、絵を描けなくなったら息をしていないのも同然なのだ。

セキレイの絵は仕上げの段階に入っている。自分でもなかなかいい出来だと思っていたから、柳燕の許しを得られたら秋の日本画展に出品してみようと思っていた。それは、柳燕が審査をしていない唯一の展覧会で、そこで入賞できたなら世間から陰口を言われることもなく、真の実力を認めてもらったことになる。

一人の画家として認められることだけが今の紗希の目標だ。そう思って、ほぼ完成に近づいたセキレイの絵の背景にバランスを考えながら金箔《きんぱく》を貼《は》っているところで、柳燕が紗希のアトリエまで足を運んでくれた。

「なかなかいい絵になったな。背景も全面に金箔を貼らず、あえて散らしているところがおもしろい」

絵を見下ろしながら柳燕がそう言ったかと思うと、少し奇妙な表情になる。何か気になるところがあるのだろうか。もう修正はきかない段階だが、背景の部分なら今でもまだどうにかなる。紗希が柳燕にたずねると、思わぬ言葉が返ってきた。

「これはハクセキレイだが、うちの禽舎にはツメナガセキレイしかいないはずだ。どこでこんな写生をしてきたんだ？」

一瞬言葉を失ったのは、自分の迂闊《うかつ》さにたった今気づいたからだ。徹底的に写生したものしか作品にしない。そういう柳燕のポリシーは紗希にも叩き込まれている。にもかかわらず、屋敷の禽舎にいないハクセキレイをどこで見てきたのだと問い詰められれば答えに困る。それは、今村とドライブに出かけた北山で見たからだとは、口が裂けても言えなかった。

「最近の写生ではなくて、学生時代に一人で京都にスケッチ旅行に出かけたときに保津川《ほつがわ》で見かけたんです。そのとき、デッサンしたものをもとにこの絵を起こしました」

いささか苦し紛れの説明だったが、柳燕は黙って頷いた。大学時代の恩師でもある彼は、紗希が学生時代によく一人でスケッチ旅行に出かけていたのも知っている。旅先で描きためてきたものを、柳燕に見せたこともあるので、あの頃の一枚だと思ってくれたのだろう。

「あの、先生にご相談があるんです。この絵を秋の日本画展に出してもいいでしょうか？」

久々の会心の一作を誉められた紗希は、きっといい返事がもらえると疑っていなかった。

だが、しばらくの沈黙のあと、柳燕は紗希の顔を見ることもなく言った。

「駄目だな。この絵じゃ入賞は無理だろう。そんな中途半端なものを出しては、功を焦っていると思われるのが関の山だ。おまえはまだ若い。じっくりと納得のいく作品に取り組んだほうがいい」

思わぬ言葉に紗希はしばし呆然として、言葉を失ってしまった。あまりにもショックだったから、柳燕が自分のアトリエを出ていくときも、きちんとお礼を言って見送ったかどうかも覚えていないくらいだった。

　柳燕の目には中途半端に映ったのならそれはしょうがないが、この絵には今自分が持てる力をすべて注いだと思っている。自分の今の実力を把握するためにも、秋の展覧会にはぜひ出品してみたかったが、柳燕の許可が出なければどうすることもできない。

　だが、落ち込む紗希をさらに打ちのめす出来事がその直後に起きた。それは、紗希自身自分の目を疑うことだった。

　柳燕が名誉会員に選ばれて毎年出品している、京都画壇を中心とした夏の展覧会がある。歴史が古く由緒ある展覧会は関西の日本画家がこぞって出品しており、現代画家の作品を一度に見ることができるとすこぶる評判が高いものだ。

　その展覧会の前夜祭に招かれた柳燕は、いつものように紗希を連れて美術館へと足を運んだ。明日からの一般公開に向けてすっかり準備の整った美術館で、出品者が一堂に会する華やかな催しの最中、柳燕の出品作を見た紗希は思わず言葉を失ってしまった。

　そこにかけられていたのは、柳燕が今年に入ってから描いていたコキンチョウの絵ではなかった。それは、紗希が自信を持って仕上げた例のセキレイの番の絵とほぼ同じ構図、色使い、背景の絵だったのだ。一瞬、自分の作品が飾られているのかと思うほどそっくりの絵を見て、紗希は困惑のあまりその場で崩れ落ちそうになった。

　そんな紗希に手を差し伸べた柳燕は、周囲の人たちに弟子の具合が悪くなったようなので

と断ってさっさとその場を引き上げてしまった。帰りの車の中で、紗希はショックのあまり何をどうしたらいいのかわからないままだった。けれど、屋敷が近づくにつれて、少しは冷静に事態を考えることができるようになり、震える声で柳燕にたずねた。

「せ、先生、あの絵は……?」

弱々しい紗希の問いに、柳燕はまったく何も答える気はないようだった。今日も専属の運転手に車を出してもらってきていたので、後部座席に並んで座りながら紗希は困惑の中で柳燕の顔が見られなくなっていた。

弟子が師匠にそんな疑いを持つべきではない。そうは思っていても、あれでは盗作としか言いようがない。

「紗希、おまえの独創性と発想は素晴らしいものがあるよ。技術的にも申し分がない。相模くんは同期の中では際立って写生の力があったと思うが、おまえもけっして負けてはいない。いつも彼に主席を取られていたようだが、それは派手で人目を引く作品を描くかどうかの問題にすぎなかった」

相模も柳燕にとっては教え子の一人だ。そんな彼の実力を認めながらも、紗希の卒業制作が最終的に買い取られた理由を、このときになって初めて話してくれた。

「あのときは一票差だったと言われているが、実際は違っている。紗希の作品を最優秀賞作品として大学買い取りにするのを反対していたのは、放送学科の下田教授だけだ。彼が唯一の反対票を投じた人間だった」

柳燕は当時の様子を淡々と話してくれた。本当にそうなんだろうか。これまでずっと自信を持てず、相模にも申し訳ない気持ちでいたことだけに紗希は柳燕の言葉を信じたいと思った。だが、その反面、それもまた柳燕の息がかかってのことではないかと思えた。

「おまえの絵は見るものが見れば極めて独創的で、いわゆる玄人《くろうと》好みがする絵だ。その分、素人《しろうと》目には地味で容易には飛びつきにくい部分もある。いくら芸術といえども、見るものがいなければ意味はない。自分の絵を描いて世間がついてくるようになるには時間もかかるものだ。ゆくゆくはおまえの絵を世間も認める日がくるだろう。だが、それまではわたしの庇護の下でいればいい」

「それは、どういう意味でしょうか?」

柳燕の言っていることはなんとなくわかる。だが、納得できない部分もあって、紗希は確認するためにたずねた。

「紗希、おまえの絵を描く姿勢は若い頃のわたしによく似ている。そんなおまえだからこそ、わたしは自分のすべてを譲ってもいいと思っている。それは『柳燕』の雅号も含めてだ」

思わぬ言葉に紗希は目を見開いて横に座る柳燕を見た。

「これからは、おまえの独創性とわたしの筆を融合させて、『柳燕』の名前を創り上げていけばいい。それを最終的にはおまえが全部受け継ぐんだよ」

「ぼ、僕の絵が先生の絵になるということですか……?」

俄かに信じられない提案に、紗希の頭の中はすっかり混乱していた。

「そうだ。そして、それはやがておまえの名前となって、おまえの作品となる」

まだ無名の紗希の描いた絵でも柳燕の筆で描き直されて、彼の名前で発表されれば、否応なしに世間の注目を浴びることになる。だが、将来的に柳燕がなんらかの理由で筆を置かざるを得なくなったとき、紗希が『柳燕』の名前をもらい唯一認められた後継者として自身の絵を発表していく。そうすれば、完全に名前と作品は融合された状態で引き継がれていく。それが柳燕の目指していることなのだ。

だが、紗希は柳燕になりたいわけではない。紗希は自分の絵を描きたいだけだ。困惑したままじっと俯いて、自分の膝の上で両手を握り締めていた。すると、柳燕は諭すような口調で話を続ける。

「絵だけを描いて生きていけるほど、世間は甘いものじゃない。日本画壇もまたしかりだ。まして、世渡りのうまくないおまえが、誰の後ろ盾もなくやっていくのは難しいだろう。相模くんの実力をしても、ああやって地道に活動するしかないのだからな」

そのことは、先日相模の個展を見てきたばかりの紗希も重々わかっていた。また、日本画壇が極めて保守的で厳しいことも知っている。どんな組織も才能だけで渡っていけるかといえば、それも難しいものがあった。

黙り込む紗希の膝に柳燕の手が伸びてくる。ビクッと体を震わせたが、車の中では身を引いてもその手から逃れることはできない。屋敷まであと十分ほどのところで、柳燕が紗希のほうを一度見てから前に向き直り言う。

「絵のことだけでなく、わたしは本気でおまえを養子にもらいたいと思っている。いずれは東京のご両親にも話をして、合田の籍に入れたいと思っているんだよ」

「そ、そんな……」

それは、公私ともに完全に柳燕のものになれと言われたも同然だった。そんなことまで柳燕が考えているとは夢にも思っていなかったが、どうやら自分が気づいていないうちに身動きできないまでにこの身は縛られていたということらしい。

「紗希、前にも言っただろう。わたしはおまえが愛おしくてたまらないんだよ。おまえの絵の才能もその美しい容貌も、生真面目で控えめな性格も、なにもかもが心から愛おしい。だから、ずっとわたしのそばにいればいい。何一つ苦労することなく、絵だけを描いて生きていけるようにしてやろう」

このうえなく甘い言葉のように思えて、それは今となっては恐ろしい誘いだとわかる。膝頭を撫でられながら紗希が唇を震わせていると、柳燕の手にいきなり力が込められるのがわかった。

「あ……っ」

あまりの強さに痛みを感じた紗希が小さく声を漏らすと、柳燕が低い声で言う。

「愛しているからこそ、おまえを他の誰にも渡したくはないんだよ。ましてや、今村などという若造にそのきれいな体を汚されたことには、いささか憤慨しているのでね」

「え……っ？」

柳燕の言葉に、一瞬紗希は自分の耳を疑った。

「気づいていないと思っていたのか？　屋敷の庭でふざけているくらいなら見て見ぬふりをしてやろうと思っていたが、わたしの留守に屋敷を抜け出して逢瀬というのはやりすぎだ。ましてや、その白くて美しい背中に、あの男の愛撫の痕を残してくるなどという真似を許すほど寛容ではないんでな」

今村に抱かれた日の夜、湯を使ってから柳燕の寝室にいったが、背中までは自分の体を確認しなかった。本当に柳燕が何もかも知っていたのだとわかれば、もはやしらばっくれたりとぼけたりする余裕などなかった。それでなくても、器用に嘘のつける紗希ではない。これでは首に手をかけられて、追い詰められているも同然だった。

「先生……、ぼ、僕は……」

「紗希、庭なら自由に飛んでいればいい。だが、それ以上遠くへ飛んでいこうとするなら、わたしはおまえの風切羽を抜いてしまわなければならないぞ」

柳燕がそう言ったところで車は屋敷の門を潜《くぐ》っていった。玄関前の車寄せのところまできても、紗希は青ざめた顔のまま後部座席から降りることができない。運転手がドアを開けにきて先に柳燕が降りてから、まだ座ったままの紗希に言った。

「湯を使って、わたしのアトリエにきなさい」

いつもと変わらぬ口調で言われても、震える紗希は頷くこともできなかった。けれど、車から降りてそのまま門を潜り外へ逃げ出すこともできない。

この屋敷はまるで大きな禽舎のようだ。そして、紗希はそこで心地よく過ごしているうちに、捕まってしまったスズメのようなものだ。大空はすぐ上に広がっているのに、見えるばかりでもうどこへも飛んでいくことはできなかった。

「せ、先生……っ、か、堪忍してください……」

何度も何度も詫びの言葉を口にした。柳燕はそのたびに頬を撫で、髪をすくい上げ、紗希の何もかもを許すと言ってくれた。だが、今村に抱かれた体だけは簡単に許すわけにはいかないと言う。

展覧会の前夜祭から帰宅した車の中でアトリエに呼ばれ、紗希は混乱し怯えながらも言われたとおりにするしかなかった。そして、柳燕のアトリエに入ってもう三日目になる。自分の部屋に戻ることは許されていない。鳥の世話さえも出入りの業者から人を呼んでやらせているらしい。部屋から出られるのは、風呂と用を足しにいくときだけだ。

食事は、これまでここに近づくことを許されていなかった家政婦が持ってくるようになった。それを食べるのは柳燕ではなくて、アトリエの奥の部屋にいる紗希だ。もっとも、この部屋に入ったときからずっと食欲はなくて、今はひどくだるくて、痛くて、辛いだけだった。

「紗希、食事をしなさい。少しは食べないと体が持たないだろう」

三日目の朝、柳燕が食事ののった盆を持ってきてくれたが、紗希は寝床から起き上がることができない。後ろ手に縛られた体は朝に夕に抱かれ、着物を羽織る暇さえない。部屋の中には甘い香が焚《た》かれていて、四六時中その匂いを嗅《か》いでいると頭が朦朧《もうろう》としてくる。そんな状態が続いているうちに、考えることが面倒になり、日がな夢と現《うつつ》を行ききするようになった。

ときおり、ふっと正気に返ると今村のことを思い出す。彼は今頃何をしているだろう。東京に戻ってからも何度か電話やメールがあったが、携帯電話は柳燕に取り上げられてしまった。この三日間も以前と変わらずに連絡をくれていたら、それらはすべて柳燕の目に触れていることになる。

柳燕の怒りがいつまでたっても鎮まらないのは、そのせいもあるのかもしれない。だが、今の紗希にはどうすることもできない。ひたすら詫び続けて、一日も早くここから出られる日がくることを祈るばかりだった。

「さぁ、紗希、起きてごらん」

そう言って寝床で横たわる紗希の体を起こそうとした柳燕が、思い出したように手を止めた。

「ああ、そうだったな。体の中にそれが入ったままでは食事どころではないな。どれ、抜いてやろう」

「うぅ……っ、くぅ……んんっ」

体を起こす前に一度うつ伏せにされて、双丘を割り開かれる。そして、差し込まれたままになっていた鼈甲の張形に手をかけると、一気にそれを引き抜いた。

「ああ……っ」

紗希が呻き声を上げて下半身を捩る。何時間も体の中にあったものがなくなって、紗希は長い吐息を漏らした。それから、あらためて体を起こされたが両手は縛られたままだ。

「粥《かゆ》を作らせた。これなら食べられるだろう。それに、おまえの好きな梨《なし》も用意させたぞ。少しでもいいから食べなさい」

そう言うと、柳燕は畳の上に置いた盆を引き寄せ、自らの手で紗希に食事を与えようとする。口を開くのも億劫《おっくう》だったが、頑なに拒んで柳燕を不機嫌にさせたくはない。何も考えられなくても、保身の気持ちだけは無意識に働くらしい。

紗希が小さく口を開くと、そこへ匙《さじ》が運ばれて粥が流し込まれる。柔らかい粥でも何度も噛み締めてからゆっくりと飲み込んだ。それを確認してから柳燕が次の匙を運ぶ。何度かそれを繰り返しているうちに、紗希は疲れたように開けたままの口を閉じられなくなる。唇の端から粥が流れ落ちると、柳燕が白い手ぬぐいでそこを拭う。そして、次の匙を持ってこられたので、紗希は首を横に振ってもう食べられないと訴えた。

「では、梨を食べなさい。ゆっくりと噛んでから飲み込むんだよ」

八つ切りにされた梨が口元に持ってこられて、紗希は前歯を立ててそれを噛みちぎった。シャリという音とともに瑞々《みずみず》しい甘さが口に広がる。季節外れだというのに、紗希の好物だと知っていてわざわざ用意してくれたのだろう。

妄執の傍らで、紗希をそばに置いておくために施《ほどこ》される優しさも確かにある。だから、この状況を終わりにしてほしいと、その優しさに縋るように紗希は今日もまた懇願を繰り返す。

「先生、お願いです。僕はどこへも行きません。だから……」

「おまえはどこにも行かない。それはわかっているよ。ただ、あの男のことを忘れていないのが忌々しくてね。だが、こんなふうに仕置きをするのも今日で最後にしてやろう」

「ほ、本当に……？」

ようやく柳燕の許しを得られると思った紗希は、思わず安堵の吐息を漏らした。それから、梨を二つ食べたあと、今一度後ろ手に縛ってあった縄を解いてほしいと訴えた。腕が痺れたようになっていて、感覚がなくなっている。そんなことはないとわかっていても、この手がもう二度と動かなくなるのではないかと不安だった。

手が動かなくなったら絵が描けなくなる。それでなくても、この部屋に半ば監禁状態になってから三日間、絵を描かせてもらえずにいる。それはどんな罰よりも紗希にとっては辛いことだった。

「すっかり従順な紗希に戻ったなら、また思うままに絵を描けばいい」

柳燕はそう言うけれど、今この身が自由になって、自分はどんな絵を描けばいいのだろう。

セキレイの絵を仕上げたあとには今度こそスズメと竹の絵を描くつもりだった。頭の中にはすでにその構図も出来上がっている。なのに、セキレイの絵は柳燕がそっくり同じものをすでに発表してしまい、紗希が自分の絵を仕上げる意味はなくなってしまった。

もし、スズメと竹の絵を描いたとしても、それもまた柳燕の筆によって描き直されて世に出るのかもしれない。だったら、自分はなんのために絵を描いているのかわからない。

柳燕の名前を通して紗希の実力が認められ、将来は自分が二代目『柳燕』となることが、本当に自分にとって最良の選択なのだろうか。

もっとも、紗希にはそもそも選択というものがなかった。あるとすれば、絵を捨ててここを逃げ出すという絶望に近い選択が残されているだけ。そして、それを選ぶ勇気が自分にはない。

痺れた腕の感覚を取り戻そうと紗希が身を捩れば、柳燕はその姿を見て宥めるように言う。

「もう少し辛抱しなさい。すぐに解いてやりたいが、まだ一つすることが残っているんだよ」

もう仕置きは終わったはずなのに、これ以上何があるのだろう。紗希が不安そうに見上げると、柳燕は着物の袖からビロードの小さなケースを取り出した。

「紗希は充分に反省しているようだから、もういいだろう。ただし、今後は二度とこの体がわたしを裏切ることのないように、印をつけておくことにした」

そう言いながら、ケースを開けて紗希の目の前に差し出したのは二つの金色のリングだった。

「そ、それは……?」

「金環《きんかん》だ。美しいだろう。金細工の職人に頼んで作らせた。左右対称に一つずつ、おまえの胸に飾ってやろうと思ってな」

柳燕は差し出した金のリングを紗希の胸の突起に近づけて、どんな具合になるのか見て確かめている。金細工の職人に頼んだというそれは、艶《つや》消しの加工をした細い金環だった。よく見るとリングの中央あたりに小さな窪《くぼ》みがあり、カラーダイヤらしきものが埋まっている。細工の細かさといい、石の輝きといい、けっして安価なものではないだろう。

どんなに美しいものでも、自分の胸につけられると聞いた紗希は懸命に首を横に振った。

「しないでください。そんなこと……。お願いです。けっして裏切ったりしません。もう二度としません。信じて……」

怯えたか細い声の訴えを柳燕は笑って聞き流してしまう。そして、紗希の体を寝床の上に横たえると、消毒液を含んだコットンで左右の胸の突起を拭う。アトリエから持ってきた細く長い錐《きり》もまた充分に消毒すると、柳燕が紗希の体に馬乗りになってきた。

「い、いやっ」

短く叫ぶと同時に、摘み上げられた乳首に躊躇なく穴を開けられる。

「ひぃーっ」

錐を引き抜き、金環の細くなっている部分を開けたばかりの穴に差し込むとフックをはめる。紗希は痛みに甲高い悲鳴を上げ続けていたが、それを手のひらでそっとふさぐと、右の乳首にぶら下がったものを見て、柳燕は満足そうに頷いた。

「おまえのきれいな体に細工をするのはどうかと思って、作らせたままずっとしまってあったが、つけてみれば悪くない。美しいものには美しいものを組み合わせて描けばさらに魅力的になる。おまえの体もそうらしいな」
これもまた柳燕が昨日今日思いついたことではなかったと知らされて、内心驚愕《きようがく》してい
た。柳燕が紗希に求める愛にはどこか猟奇的なものが含まれている。紗希を美しいと言いな
がら、この身を苦痛に呻かせてのたうつ様を見たがる。あられもない姿で淫らに身悶えるの
を嬉々《きき》として写生するのだ。
そんな愛され方が紗希には重すぎて辛い。ときには恐ろしくて、とても受けとめられな
いと思う。だが、柳燕は怯えるあまりこらえ切れず泣き出してしまった紗希の左の乳首にも、
同じように錐で穴を通す。
「あぅーっ」
不自由な体を仰け反らせてまた悲鳴を上げたが、痛みに歯を喰い縛っているうちに左にも
金環がつけられてしまった。大きく肩で息をする紗希の体から下りて、柳燕はまるで自分の
作品を見るように少し離れたところからこちらを眺める。
「可愛い紗希。これでおまえはどこへも行けなくなった。これからはわたしのためだけに生
きるといい。わたしもおまえをこれまで以上に大切にしよう。おまえはわたしの禽舎の中で
最も愛らしい鳥だ」
はめられた金環の痛みに紗希が嗚咽を漏らしていると、柳燕はそばに戻ってきて唇を重ね
てくる。深い口づけとともに、たった今つけられた金環を指先で弾いては軽く持ち上げ、そ
の具合を確かめている。痛みで紗希が顔をしかめても、それすら微笑ましそうに眺めまた口

づけを繰り返した。存分に金環を弄って眺めたあとは、当然のようにその指を紗希の股間へと持っていく。

「うう……っ、お願いです。さ、触らないで……ください。そこは……」

度重なる性交で擦られることに少し痛みを感じている。赤くなっているのを見て、それを察したのか柳燕の指はそのまま後ろの窄まりに回った。

「後ろはいい具合に弛んでいるな。張形を何時間もくわえ込んでいれば、どんなに硬い窄まりも従順になる」

そう言いながら、ぷっくりと開きかけの状態になっている襞《ひだ》の部分を念入りに撫で回す。

「あっ、んんっ、んふ……っ」

もう抱かれることに辟易《へきえき》としているはずなのに、触れられると感じてしまう。そんな体に自分はなってしまった。窄まりの周囲を撫でるだけでなく、中に指が欲しいと思ってしまう。いや、指よりも太い何かが欲しいと体が疼く。否応なしに官能を高める香のせいもあるだろうが、今の紗希には自分の体をコントロールすることさえ難しい。

紗希がつけられたばかりの金環の痛みに呻き、下半身の疼きに喘ぎ、もう許してほしいと呪文《じゅもん》のように懇願の言葉を吐き続ける。とそのとき、食事の盆を下げにきた家政婦の一人がアトリエの襖の向こうから声をかけた。

「先生、盆を下げにまいりました。それと、お客様がお見えになっております。客間にお通ししておいてよろしいでしょうか?」

柳燕は一度紗希の体から手を離すと、食事の盆を手にして部屋を出て行く。アトリエの襖が開く音がしているが、そこからは奥の部屋の中までは見えないはずだ。柳燕が小声で交わしている会話もはっきりとは紗希の耳には届かない。

客というのは誰だろう。誰であっても今の紗希には関係ない。それよりも、来客のせいでまたしばらくこのままの姿で放置されるのかと思うと、その客の存在が恨めしいくらいだった。だが、柳燕はなぜか客間に向かうことはなく、紗希のいる奥の部屋へ戻ってきた。

「残念だが、約束していた客がきたようだ。中途半端なままではおまえも辛いだろうが、もうしばらくはこの張形で辛抱していなさい」

そう言ったかと思うと、さっき引き抜かれたばかりの鼈甲の張形がもう一度体の中へと押し込まれる。

「うう……っ、く……っ」

胸には二つの金環、股間は赤く腫《は》れて、後ろには張形というどうしようもないほどに惨めな姿で寝床に横にされた紗希の体に、朱色の花模様が散った襦袢がかけられる。体を隠してもらえるのはありがたいが、女性用の襦袢では淫靡さを際立たせてしまい、紗希にしてみれば惨めさを増幅されたようなものだった。

そんな紗希を残していった柳燕だったが、アトリエに戻るとなぜかこの部屋との仕切りの襖を少し開いたまま、いつものようにそこで絵の続きを描きはじめた。なぜ客のところへ行かないのだろうと不思議に思っていると、廊下から人の声がした。

もしかして、その客を客間ではなくアトリエに呼んだのだろうか。柳燕にしては珍しい。紗希以外はけっして入れなかった場所に招く客というのは誰だろう。さすがに少し気になって紗希が耳をすます。

「失礼します」

そう言ったあと襖の開く音がして、誰かが中に入ってきた。

「まさか、合田先生のアトリエに招待していただけるとは思ってもいませんでした」

少し硬いその声を聞いて、寝床で横たわっていた紗希が一気に体を緊張させた。それは、紛れもなく今村の声だったからだ。

どうして彼がアトリエに呼ばれたのかわからないが、紗希は自分の姿が今村に見つからないようにと、身動きもままならない体を返してうつ伏せになると、懸命に部屋の隅へと這っていこうとした。だが、金環をつけられたばかりの胸を擦るのが怖くて、うまく這うこともできない。

「ここへ他人を招いたのは初めてだよ。君とは少し腹を割って話しておいたほうがいいと思ってね」

もしかして、柳燕は紗希のことを今村に言うつもりだろうか。それだけはしないでほしいと声を上げたかったが、こんな姿ではそれもままならない。

「実は、わたしもぜひ先生にうかがいたいことがあります。ついては、津山くんをこの場に呼んでいただくことはできないでしょうか？」

「紗希を？　それはまた、どういう理由で？」

「昨日、京都の美術館で開催されている日本画展を見てきました。先生の絵も拝見しましたが、わたしにはどうにも腑に落ちないことがあります」

「どういうことかな？　わたしの絵に何か問題でも？」

「あれは、本当に先生の絵でしょうか？　筆は確かに先生のものでした。だが、わたしはあれと同じ絵を見たことがあります。津山くんのアトリエで……」

今村の言葉にしばし柳燕の沈黙が続いた。そして、紗希自身もいまさらのように、そのことに気がついた。セキレイの絵をスケッチしたのは、今村とのドライブのときだ。彼は下絵も見ているし、柳燕が留守のときに自分のアトリエに招き、あのときのスケッチを作品にしているところも見せていた。今村は、あのセキレイの絵が紗希のオリジナルであることを知っている唯一の人物なのだ。

「奇妙なことを言うね。それより、君がどうして紗希のアトリエに入っているんだろうね。わたしにはそのことのほうが納得がいかないが」

今度は今村の沈黙が続く。だが、しばらくして先に口を開いたのは今村のほうだった。

「先生はいったい紗希をどうするおつもりですか？」

「そんなことを君に話す必要があるのかね？　紗希はわたしのたった一人の内弟子で、『柳燕』の大切な跡継ぎだ。あの子の絵の才能を最初に見出したのもこのわたしなんだよ」

「たとえそうであっても、彼の才能は彼のものであって、先生が自由にしていいわけではないでしょう。彼の体もまた然りだと思いますが」

今村の鋭い言葉に柳燕が微かな笑い声を立てた。隣の部屋で身を縮めるようにして二人の会話を聞いていた紗希は、いきなり手の中の刃を向け合っている様子に息を呑んでいるばかりだった。

「君が紗希に惹かれるのは勝手だが、手を出してもらっては困る。一度の火遊びなら見逃してやると紗希にも言い聞かせたところだ」

「火遊びではありません。先生には申し訳ないですが、わたしも紗希の才能も含めすべてを真剣に愛しています」

「紗希がそれに応えるとでも?」

「それを知りたくて、ここへきました。だから、紗希に会わせてくれませんか。彼がわたしの気持ちに応えてくれるなら、本気で先生から奪い取るつもりでいますから」

今村の迷いのないきっぱりとした口調に、紗希はその真剣な思いを知り涙をこぼす。画壇と空間プロデュースという違う畑にいても、今村はあくまでも芸大の後輩であり、柳燕に仕事を依頼している身なのだ。そんな立場でありながら、正面から柳燕に向かう彼の気持ちを思うと、紗希もまた自分の気持ちを強く叫びたい思いに駆られる。

だが、現実はけっして甘くはない。今村の言葉を聞いた柳燕が大きな吐息をついたのが紗希の耳にも届いた。そして、立ち上がるときの衣擦《きぬず》れの音がしたかと思うと、柳燕が言った。

「君も相手に困っているような男ではないだろうに、物好きな男だ。そんなに紗希に会いたいなら会わせてやるが、紗希のほうは果たして君に会いたいかどうか……」

まさかと思った瞬間には、柳燕の手が部屋の襖にかかるのが見えた。

「なぁ、紗希。今村くんはああ言っているが、おまえはどうなんだ？」

そうたずねながら左右の襖を一気に開いてしまうと、アトリエの隅に正座している今村を振り返った。

「い、いやぁ……っ」

紗希は最悪の状況から逃れたい一心で、体を返してアトリエのほうに背中を向ける。それでも、後ろ手に縛られた格好で下半身に襦袢がかけられた裸体の背中を今村に晒すことになった。

「紗希っ」

驚いたように今村が声を上げ、立ち上がるのがわかった。

「いやっ、こないでっ。見ないでくださいっ」

思わず背を向けたまま叫んだ。紗希の悲愴な叫び声に今村の足は止まったようだが、それ以外にも彼の目に飛び込んだ衝撃的なものはある。この部屋の壁には多くの絵が立てかけられている。すべて紗希をモデルにして柳燕が描いた淫らな人物画だ。そんな絵が並ぶ部屋の真ん中の寝床で、紗希は背中を震わせながら体を小さく丸めていた。

「こ、これは……」

呆然とした今村の声が紗希の耳に届く。一度は手首の縄の痕を見られたことがある。けれど、よもやここまでのことを今村が想像していたとは思えない。柳燕との普通ではない情事を今村の目に晒し、紗希はもう何もかも終わったと思い、心の中の糸がぶっつりと切れるのを感じていた。

　あれほど真剣に紗希を愛していると言ってくれた今村も、この姿を見れば心が変わってしまっただろう。熱い思いが一気に冷めたとしてもしょうがない。それほどに、今の紗希の姿は無様で惨めで、そして淫らなのだ。

「紗希が大学に入学したばかりの頃は、まだまだ見るからに幼かった。絵の才能もまた殻の中に閉じ込められたままだった。それを何年もかけてわたしが育ててきたんだよ。雛《ひな》が成長するまで、固い蕾が大輪の花を咲かせるまで、ずっと見守り続けてようやく体も心も大人になった」

　そう言いながら柳燕は部屋に入ってくると、紗希のそばまでやってきて下半身にかかっている襦袢をさっと剝ぎ取ってしまった。

「あっ、いやっ」

　泣きそうな声で叫んだが遅かった。後ろ手に縛られたままむき出しにされた下半身は、股間に飴色の鼈甲の塊をくわえ込んでいる。今村と顔を合わせたくなくて必死で背を向けていたのが仇となり、一番見られたくない場所を見られてしまった。だが、柳燕はそれだけでは許してくれない。

「そんな矢先に、君のような男に手をつけられるとはね。これからは二度とそんなことのな

いようにと、つい先ほどいいものをつけてやったところだ。ほら、紗希、彼にも見せてやるといい」

金環が飾られた胸を今村のほうへ向けようとして、柳燕が紗希の上半身を起こす。後ろの窄まりにはまだ張形が入ったままなので、尻を垂直に下ろすわけにはいかなかった。必然的に体を後ろに倒し気味にして穿《うが》たれた窄まりを晒しながら、乳首に下がる二つの金環が見えるように柳燕が紗希の背中を支える。

その格好が苦しくて紗希は小さく呻き声を漏らしながら、嗚咽交じりの声で「堪忍してください」と繰り返し呟いていた。涙は次から次へと溢れてきて、もう止めることができない。今の紗希にできることは、せめて今村と視線が合わないようにと顔を背けることだけだった。

「どうだ。素晴らしいだろう。被虐が彼を一層美しくするんだよ。紗希が泣きながら乱れる姿を君も一度は見ただろう。この子は誰にも渡さない。わたしだけがこの子を愛でて、存分に絵を描かせてやることができる。君じゃ無理なんだよ、今村くん」

柳燕が紗希の長い髪に口づける。そして、前に回した手で金環を摘む。

「さ、紗希……」

今村の苦渋に満ちた声が聞こえた。それでも顔を上げることはできない。

「この子はゆくゆく『柳燕』のすべてを継ぐことになる。今はわたしの名前で発表していても、そんなことはたいした問題じゃない。将来は何もかもが紗希のものだ。わたしはこれ以上ない大きなものをこの子に残していこうと思っている。君とは愛情の深さが違うよ」

「そんな……。紗希が本気でそれを望んでいるというんですか？」

さすがに今村も困惑した様子で柳燕に問いかける。

「知りたければ紗希に訊けばいいだろう。それより、君はこの淫らな姿を見てもまだこの子が欲しいとでも言うのか？　わたしから紗希を奪おうとするなら、それ相応の覚悟があるんだろうな。君の仕事ぶりにはかねがね感心していたが、まさかこんなことで大事なプロジェクトをいまさら白紙に戻してしまうような愚か者ではないだろう？」

柳燕の言葉にハッとしたのは、今村よりもむしろ紗希だった。柳燕は今村と紗希の態度次第では今度の文化ホールの件から一切手を引いてしまうつもりなのだ。

柳燕から「イエス」の返事をもらってプロジェクトは進行しているが、まだ正式な契約書を交わしている段階ではない。この話から手を引いても柳燕は何も失うものはないが、今村は昨年から今年にかけてずっと費やしてきた時間と労力が無駄となるばかりか、依頼を受けている新しいホールの空間プロデュースに大きな支障をきたしてしまうことになるだろう。

自分が今村に縋れば、彼の華々しいキャリアに大きな傷がつく。それだけは絶対にあってはならないことだ。それに、こんな惨めな姿を見られた今、どんな言葉で今村に縋れるというのだろう。紗希にだってなけなしのプライドはある。心の中で軽蔑されているかもしれない人に、自分の気持ちを赤裸々に訴えることなどできはしない。

「紗希、どうなんだ？　君は本当にそれでいいのか？」

今村が困惑と苛立ちと苦渋の入り交じった声で訊く。紗希はうなだれたまま、小さな声で言った。

「僕は……」

言いかけた言葉を一度呑み込めば、柳燕がもう片方の金環を軽く引っ張った。その痛みに促されたように紗希が言葉を続ける。

「僕はここから出て行くつもりはないんです。だから、もう僕のことは忘れてください」

それだけ言うのが精一杯だった。それ以上何か言うと、堰《せき》を切ったように新たな涙が溢れてきそうだったから。泣けば泣くほど今村を混乱させてしまうし、自分も惨めになる。せめて最後くらいはきちんと自分でけじめをつけなければと思ったから、紗希はそれだけ言うと自ら柳燕の胸へと背中をあずけて、顔を持ち上げ口づけをねだる仕草をした。

柳燕はすぐさまそれに応えて、唇を重ねてから今村に言う。

「そういうことだ。わかったらお引き取り願おうか」

今村は一度だけ紗希の名前を呼んだが、返事がないことに打ちのめされたように部屋を出て行く。

これですべてが終わったと思った。紗希がこの屋敷から出て行く唯一の可能性は今村の差し伸べた手だった。だが、それももう今はない。

淡い初恋だったけれど、たった一度だけ好きになった人と体を繋いだ思い出がある。だから、紗希はこれでよかったのだと自分自身に何度も言い聞かせながら、柳燕の腕の中で泣き崩れた。

紗希に以前と変わらない日常が戻ってきた。朝は鳥の世話から始まり、午前中は庭でスケッチをして午後からは自分のアトリエで作品に取り組む。ときには、柳燕のアトリエで助手として作業をする日もある。裸体でモデルを務めることも前と変わらない。

柳燕が出かけるときは付き添っていき、東京の大学へ出向くときには屋敷で留守番をしながらアトリエの片づけなどをして過ごしていた。

夜は柳燕の寝室で眠る日もあれば、自分の寝室に戻ることを許される日もある。抱かれるときに縛られることはなくなったが、その代わり胸の左右の金環が紗希を縛っている。柳燕のものであるという証には、ときおり細いチェーンをそこに通して性交の最中に引かれることがある。痛みに泣けば柳燕は優しくなり、怯えて逃げを打てばまたそれを引かれる。

どんなことであっても、やがて体も心も慣れていくのだということを知った。だから、近頃は柳燕に抱かれていてもそれほど辛いと思うことはなくなっていた。

その後、今村のプロジェクトは粛々《しゆくしゆく》と進んでいるらしい。ホールは来春のオープンに向けて順調に工事が進み、柳燕もオープニングに合わせて貸し出す絵を選択し、エントランスホールに飾る絵の下描きを始めていた。

　同時に紗希もまた同じ題材で作品を描いている。葦の生い茂る湖水ぎりぎりを飛び立つ青鷺の絵は、柳燕のものとほぼ同じ構図だった。前回のセキレイとは違い、今回は柳燕本人が構図を考えたものだが、そっくり同じものを描くように言われたのだ。

　こうして柳燕の絵と紗希の絵は少しずつ融合していく。そして、紗希にとってこの屋敷が世界のすべてになっていく。これが幸せなことなのか不幸なことなのか、紗希にはもうわからない。ただ、自分はこうして生きていくしかないのだと、ぼんやりと認識している。籠の中で幸せに暮らす鳥もいれば、すべての野鳥が自然の中で生き延びていけるわけじゃない。籠の中で幸せに暮らす鳥もいて、紗希はそういう鳥だったということだ。

　その日、紗希がいつものように早朝の庭に出て鳥の世話をしているときだった。禽舎の鳥たちを水浴びのために放してやり、池の水鳥たちに餌をやりにいこうとしたところで、庭の向こうから歩いてくる人影を見た。

（え……っ？）

　奇妙な既視感に首を傾げた次の瞬間、ハッと息を呑んでその場に立ち竦《すく》んだ。庭の向こうから歩いてくるのは、あの日と同じきちんとしたスーツ姿の今村だ。紗希は目眩を感じて、思わず初夏の朝日に手をかざす。

　もう二度と顔を合わせてはならない人だ。だが、こちらに向かって歩いてくる今村は、いつもの彼らしく臆することのない態度で紗希の目の前までやってきた。その場を逃げ出そうとしている紗希を見て、今村が端整な顔に微かな笑みを浮かべて呟いた。

「紗希……」

彼に背を向けたものの、紗希はその場から動けない。この人がもう一度自分の名前を呼ぶ声を聞けるなんて思ってもいなかった。きっぱりとあの日に決別したはずの心が揺れそうになっている。そんな弱い気持ちを振り払い、紗希は今村に背を向けたまま自分を落ち着かせると言った。

「あ、あの、先生とのお約束ですか？」

「ああ、例の新作の絵と、常設展の契約の件で」

今日にも無事契約を終えて、今村はこのプロジェクトを成功させるだろう。それは紗希がなによりも望んでいたことだ。自分の存在が今村の仕事の妨げにならなくてよかった。そして、柳燕があれ以上ことを荒立てずにいてくれて、本当によかったと思っている。

「約束は九時なんだが、大切な日だから遅れるとまずいと思って東京から車を飛ばしてきたら、少し早く着きすぎてしまったようだ」

初めてこの屋敷を訪れたときも、今村は仕事の関係で前日に関西に入ることができず、夜通し車を飛ばしてきた。今日もまた彼にとっては重要な日だから、大事を取ったということだろう。腕時計をしていないので正確な時間はわからないが、今はまだ八時を過ぎた頃だろう。申し訳ないが、今村には一時間ほど待ってもらわなければならなかった。

「それでは、客間のほうでお待ちください。ご案内しますので、どうぞ」

あの日は庭を散策したいと言った今村だが、今日はおとなしく紗希について屋敷に上がる。

「客間の軸はまだ玖珂有迅なのかい？」

「いえ、初夏になりましたから、今は神山晩華《かみやまばんか》の牡丹《ぼたん》の軸になりました」

「明治の鬼才、神山晩華の牡丹か。それは楽しみだな。合田先生はご自身の絵も素晴らしいが、祖父から譲り受けた軸のコレクションもまたすごいと聞いている。滅多に外には出ないものを、この屋敷に足を運ぶたびに見ることができる。これも、このプロジェクトを引き受けたおかげで得た幸運の一つだと思っているよ」

今村の言うとおり、柳燕の所蔵する軸はそれだけで展覧会が開けるほどのコレクションなのだ。その中の数点とはいえ、直接見ることができるのは日本画に造詣のある者ならまさに幸運と言えるだろう。

「どうぞ。僕は先生に知らせてまいりますので、しばらくお待ちください」

そう言い残して客間から下がろうとしたとき、今村がいきなり紗希の二の腕をつかんだ。

「あっ、あの……」

驚いて振り返った紗希が言葉を失ったまま立ち竦んでいると、今村の手が紗希の頬に触れた。ビクッと一瞬体を震わせたものの、同時に懐かしい温《ぬく》もりを思い出していた。大好きだった人の手がまた自分に触れていると思うだけで、心が溶けていきそうになる。だが、すぐに我に返ったようにその手から身を引きながら言う。

「や、やめてください」

「紗希、わたしは今でも君のことが……」

「もう、全部終わったんです。あなただって僕がどういう人間かわかったでしょう。これ以上僕を惨めにさせないでください。本当はこうして顔を合わせているのだって辛いんですから……」

紗希は今村の視線を避けたまま襖に手をかけ、よろめく体を支えていた。すると、今村が小さな吐息を漏らしたのがわかった。

「そう。それなら、よかった」

「え……っ？」

よかったという今村の言葉の意味がわからず、紗希が顔を上げた。

「顔を合わせるのも辛いということは、君もまだわたしのことを思っているということだ。そうじゃないか？」

「そ、そんなこと……」

ないとは言い切れずに、紗希はその場から逃げるように駆け出した。長い廊下を走って柳燕のアトリエの近くまできてから、ようやく足を止めて息を整える。

せっかくすべてを思い出にしてしまおうと思っているのに、どうしてあんなふうに紗希の心をかき乱すのだろう。隠し切れない恋しさとともに、恨めしさが紗希の胸に込み上げてくる。どうせ今日の契約を済ませれば今村はまた東京に戻り、もう屋敷にくることもないはず。

柳燕の絵が来春完成するホールに搬入される日までは、わざわざご機嫌うかがいにやってこなくても、月に数度東京へ行く柳燕に会って食事でもしながら進行具合を確認すれば済むことだ。

紗希は胸の動悸が治まるのを待ってから、柳燕の寝室に行く。廊下から襖越しに声をかけると、柳燕はちょうど着替えをしている最中だった。

「先生、お客様が……」

部屋の中に入って身支度の手伝いをしながらも、今村の名前を出しづらくて紗希が言い淀《よど》む。すると、着物の胸元を整えながら柳燕のほうから言った。

「今村くんだろう。本契約書を今日持ってくると言っていたからな」

「少し早くきてしまったということなので、今は客間でお待ちいただいています」

柳燕がいつもどおり朝食を摂ってから客間に向かえば、ちょうど約束の九時になるだろう。ところが、部屋を出た柳燕は食堂へ向かわずに、客間のほうへと歩いていく。

「先生、あの、朝食は？」

「客人を待たせては申し訳ないだろう。それより、お茶の用意をしてきてくれ。客間にはおまえが運んでくるように」

「えっ、僕がですか？」

柳燕はもう紗希と今村を会わせたくはないのかと思っていた。それに、紗希自身もこれ以上彼の顔を見るのが辛い。けれど、それが柳燕の命令なら従うしかない。お茶の用意をしに台所へ向かおうとしたとき、一度呼び止めた柳燕が紗希に言う。

「おまえは大丈夫だ。ここで絵を描いていくと決めたのだから、心が揺らぐことはもうないはずだ」

その言葉を聞いて、柳燕の意図するところがわかった。要するに、紗希を試そうとしているのだ。そして、もう今村に会っても心が乱されないことを証明させたいのだろう。

紗希は静かに頷いて厨房に向かう。そこにいた手伝いの人に柳燕が朝食の前に来客と会うことを伝え、お茶の用意を頼んだ。間もなく用意された盆を持つと、紗希は自分の気持ちを落ち着かせ、けっしてさっきみたいに取り乱したりしないと誓って客間に向かった。

部屋の前の廊下で一度大きく深呼吸をしてから声をかけると、柳燕が入るように言う。紗希が襖を開けて中に入ると、二人は卓を挟んで向かい合っていた。卓の上には契約書らしい書類。契約書の写しにはすでに目を通している柳燕だから、あとはこの本契約書に署名と捺《なつ》印《いん》をするだけだ。

ものの五分もしないで終わると思った作業だが、今村は紗希が出したお茶を一口飲んでから言った。

「本日こちらにうかがったのは、実はあらためてお願いがありまして……」

「契約のことなら問題はない。この条件で承諾させてもらうよ。君の腕を信じているし、素晴らしい環境で絵を飾ることができればそれでいい」

ところが、今村はなぜかそうではないと首を横に振った。それを見て、柳燕が少し怪訝な表情になる。紗希もまた横にいて今村が何を考えているのかわからず、ずっと伏し目がちだった視線を上げる。

「実は、今回お邪魔したのは、今までのお話をすべてなかったことにしていただきたくて、そのお願いに上がりました」

驚きのあまり声が出なかったのは紗希ばかりではなく、柳燕も同じだったようだ。珍しく目を見開いて向かいの今村をじっと見ていたかと思うと、静かな口調でたずねる。

「それは、いったいどういうことかな?」

柳燕の問いかけに今村は正座したまま背筋を真っ直ぐに伸ばし、視線を下げることなく答える。

「つまり、エントランスホールの絵の依頼と常設展のための絵の借り出しについて、いっさい白紙に戻したいということです」

「それは、また突然だな。この件に関してはずいぶんと時間をかけて、打ち合わせも重ねてきた。そちらの熱意に応えたいという思いで契約までこぎつけたわけだが、それを白紙撤回するというならその理由を聞かせてもらおうか」

柳燕の言い分は当然だ。それに、今村だってこれまで柳燕の絵をホールに飾るために、あれほど努力してきたというのに、いったい何が彼の気持ちを変えさせてしまったのだろう。その理由を紗希もぜひ知りたかった。

「一番の理由は、新しいホールには独創性のある作品が必要だということです」

「わたしの絵に独創性がないということかな?」

柳燕は冷静にたずねているが、今村は画家に対して、いやすべての創造者に対してけっして口にしてはならない言葉を言ったも同然だった。柳燕の表情が険しいものになり、眼光が鋭くなるのがわかった。だが、今村はまったく動じることなく頷いてみせた。

「先日のセキレイの絵を見るかぎり、そう言わざるを得ません。あれは先生の絵ではない。紗希の絵です。わたしは、『柳燕』という雅号の名のもとに出来上がる作品ではなく、あくまでも合田先生個人の絵が欲しかった。そして、紗希の才能は紗希自身が所有するべきもので、既存の画家の作品と融合させるべきではないと思います」

今村の言葉は真実で、紗希の胸を抉っていた。自分の才能は自分のもの。これまで柳燕の庇護の下で描いていた紗希だから、そんな当たり前の主張さえ忘れそうになっていた。けれど、今村と一緒に出かけたときにも同じようなことを言われたことがある。

紗希は他の誰でもなくて、誰にもない才能がある。それは望んでも手に入るものじゃないから、大切にしなければならないと。

「そういうことか。ではたずねるが、君は紗希のアトリエであのセキレイの絵を見ていたから、あれがわたしのオリジナルでないとわかったのだろう。もしあの展覧会で初めて見ていたら、どうだろう。それでも、紗希の絵だと気づいたかね？」

確かに、柳燕の言うとおりだ。紗希の絵を見ていなければ、誰でもあれが柳燕のオリジナルだと思ったはずだ。だが、今村はその質問にも怯《ひる》むことなく答える。

「気づきましたよ。紗希の絵の独創性は空間の使い方にあると思っています。日本画は洋画と違い何も描いていない部分に大きな意味があり、そこにも美がある。紗希の絵にはその構図によって生み出される独特の世界観があるんです。わたしは空間プロデューサーという仕事をしているので、その点について見誤ることはないと思っています」

紗希のアトリエにきて、これまで仕上げた絵を何枚も見た今村はただ鑑賞していただけでなく、空間を操るアーティストとしての目でも作品を見ていたということだ。

「実は、紗希と一緒に相模くんの個展を見にいったんです。紗希とは同期で首席を争っていたと聞きました。技術的にもセンスも合田先生にかなり近いものを持っていると思いました。『柳燕』の雅号を譲るというなら、むしろ彼のほうが相応しいはずです。それでも、あなたは紗希を選んだ。それは、紗希があなたにはない独創性を秘めていたからじゃないですか？」

彼の口から語られるすべてが衝撃的すぎて、柳燕同様紗希もただ耳を傾けていることしかできなかった。

「あなたは紗希を育てながら、紗希の独特の感性からインスピレーションを受けていた。それだけなら問題はなかったかもしれない。けれど、紗希の才能と自分の作品を一つにしようという試みは間違っています。紗希は一人の画家として自分の道を歩むべきです。このままでは紗希は庭の禽舎で飼われている鳥と同じだ。いや、あの鳥たちは扉が開けば自由に飛んでいくことができる。でも、紗希はあなたという呪縛《じゅばく》から逃れる術を見失った、まるで禽舎の贄《にえ》だ。だから、わたしが紗希を解放してやりたいと思っています」

ここまで進めてきたプロジェクトを白紙に戻し、柳燕と対等な立場になって紗希をその手でここから連れ出すと言う。それが今村の決心で、それを伝えに彼は今日ここにやってきたのだ。

それにしても、東京のプロジェクトチームをどうやって説得したのかと思うと、今村の決意の深さに紗希は背筋に震えさえ感じていた。

柳燕はいつしか頬を強張《こわば》らせて今村の顔を睨みつけていたが、やがて大きく肩で息をするとたずねる。

「君に人一人の人生が引き受けられるのか？」

「その覚悟はできています」

そう言うと、今村は入り口のすぐそばに控えていた紗希のほうへと向き直り、手を差し伸べた。

「一緒に外に出よう。屋敷の中でなくても、君は生きていける。絵も描ける。籠の中でしか生きられない野鳥などいない。一度は籠に入れられたから、飛び立つのが怖いだけだ。でも、君はちゃんと飛べるんだ」

今村の言葉に紗希は両手で自分の口を覆い、泣き出してしまいそうな気持ちを懸命に宥めていた。泣いている場合じゃない。今は考えなければならない。

「で、でも、僕は……」

今村の言うように、一度は籠の中に入った鳥だからやっぱり外が怖いのだ。

「紗希っ」

柳燕がきつい声で名前を呼んだ。ハッとしてそちらを向こうとした瞬間、今村が静かな声で繰り返した。

「一緒に外に出よう。わたしは君を愛している。不安なときは必ず君の手を引いてあげるから、勇気を出してくれないか?」

あんなに淫らで惨めな姿を見られ、柳燕とのただれた関係を知ってもなお愛していると言ってくれる。紗希だって、どうしようもないほどに今村のことが好きだ。何度も諦めようと自分に言い聞かせ、思い出だけがあればいいと嘯《うそぶ》いてきたけれど、実際は頻に彼の指が触れただけで体も心も燃え立つような思いを味わった。

一人の人間として愛しているから一緒に外に出て、画家として自分の道を歩めと今村は背中を押してくれている。

紗希は両手で自分の頭を抱えながら、懸命に考える。柳燕には無体な仕打ちを受けたこともある。けれど、大学時代からずいぶんと目をかけてもらい、熱心に指導してもらってきた。

本当なら大学卒業とともに絵の道を諦めなければならない身だった。親からも絵については常に反対されてきたし、しっかり者の兄や末っ子の弟のように可愛がられているわけでもなくて、紗希にはどこにも心の拠《よ》り所《どころ》がなかったのだ。

そんなとき、いつだってそばにいて見守ってくれたのは柳燕だ。彼はときには師であり、ときには父であり、兄であり、紗希に愛されるということを教えてくれた人だ。

尊敬するとともに、自分のような人間をこれほどまでに必要としてくれるのは柳燕だけだと思い、ひたすら彼につき従ってきた六年間だった。けれど、どこかで少しずつ歯車が狂い出していた。

柳燕にはたくさんの恩義を感じている。それはいつまでたっても忘れることはできないが、紗希はやっぱり自分の絵が描きたかった。自分は『柳燕』になりたいわけじゃない。いくら尊敬していても、それは違う。紗希は紗希のままでいたい。そのためには、どんなに怖くても自分の足で一歩を踏み出すしかないのだ。

そう思ったとき、一度今村の顔を見てから柳燕へと向き直った。

「せ、先生、僕は……、どうしても自分の絵が描きたいんです」

そして、その場で深々と頭を下げて、額を畳に擦りつけた。たとえ柳燕の逆鱗《げきりん》に触れて、一生日本画壇で日の目を見ることがなくてもいい。それでも、自分は自分のために絵を描きたい。そして、今村を愛しているという思いも、もはやごまかし切れないほどに自分の中で大きくなっていた。

「紗希、なぜだ？　そばにいると約束したことを、おまえは忘れてしまったのか？」

柳燕の問いかけに胸が締めつけられる。けれど、紗希の気持ちはもう変えられない。ずっと頭を下げたまま、いつしかとめどなく涙を流していた。

「申し訳ありません。ご恩はけっして忘れません。だから、どうか許してください」

許されるわけがない。そうはわかっていても、そう繰り返して詫びることしかできない。

嗚咽交じりの声でどのくらいの間そうしていただろう。長い長い沈黙の時間が流れていった。

やがて、柳燕が強く座卓を手のひらで打つ音が聞こえ、紗希が身を硬くした。

「もう、いい……」

低い声でそう言い放たれて、涙に濡れた顔を上げる。その顔に一瞥《いちべつ》をくれると、柳燕が立ち上がる。

「先生……」

「懐かぬ鳥などいらん。どこへでも飛んでいくがいい」

それだけ言うと、柳燕は部屋を出て行ってしまった。残された今村と紗希はしばらく互いの視線を合わせることもできないまま、そこでじっと座っていた。

「紗希……」

やがて、今村が紗希の名前を呼んだ。彼のほうを見ると、あらためてその手を差し伸べられる。

「わたしのところへきてくれるね？　君と一緒に生きていきたいんだ」

紗希も初めて愛した人の手を取りたい。この手を握っていれば、きっと外に出て行けるはず。そう思って、紗希もまた震える手を伸ばし、差し出されていた今村の手を取った。そのとき感じた確かな温もりに、もう何も恐れるものはないと思った。

◆　◆

都会のマンションにいても、やっぱりスズメの鳴き声で目が覚める。隣で寝返りを打ってこちらを向いた体が紗希の肩を抱き締めてきた。その温もりを貪《むさぼ》るように、紗希もまた鼻先をたくましい二の腕に擦りつける。

毎朝目が覚めると、こうして愛する人がそばにいることを確認して、泣きたいほど嬉しくなる。昨夜の甘い情事を思い出せば、また体が恥ずかしいほどに疼き出す。一人で頬を熱くしていると、いつの間にか目を覚ましていた今村がまだ眠そうな目でこちらを見て言った。

「おはよう。相変わらず早起きだな。まだ六時前じゃないか?」

今村はベッドヘッドに置いてある小型のデジタル時計を片手で持ち上げる。今日は日曜日で、ここのところ新しい仕事の打ち合わせが続いていた彼も久しぶりの休みだった。

「起こしてしまって、ごめんなさい。でも、今日はドライブに連れていってもらえると思うと嬉しくて……」

「ああ。でも、外は雨みたいだけど……」

以前から紗希を丹沢《たんざわ》山渓にスケッチに連れていってくれると約束していた今村は、ちょっと困ったように言う。ウッドブラインドを下ろした寝室の窓ガラスにはときおり雨が強く打ちつける音がしている。それでも、紗希は小さく微笑みながら言った。

「大丈夫。この雨はすぐにやみます。だって、スズメがそんな鳴き方をしているもの」

「スズメの鳴き方で天気がわかるのかい？」

一日中雨の日はスズメの鳴き方も諦めたように元気がない。今雨が降っていても晴れるときは、遠くにいる仲間を呼ぶように声が大きい。なにげなく聞いているとあまり気づかないが、紗希の耳にははっきりと違いがわかる。

「そうか。じゃ、早めに出かけてどこかでランチを調達していこう。それと釣竿《つりざお》だな。紗希が絵を描いている間、釣りでもしていよう」

そう言って大きく伸びをした今村だが、すぐにベッドから出ることはなく、シーツの中で紗希の体に触れてくる。昨夜、抱き合ったあと一緒にシャワーを浴びると、二人はすっかり疲れ切ってしまいパジャマを着ることもなく眠りに落ちてしまった。そんな裸の胸をそっと撫でられると、紗希が小さく声を上げて身を捩る。

「おいで、紗希」

今村が紗希の手を引いて自分の体の上に抱き寄せる。紗希はすでに反応しはじめている股間を気にしながら、ゆっくりと体を重ねていった。

「利明さん……」

両手を彼の首の後ろに回したら、啄ばむような口づけを与えられる。小鳥が餌を啄ばむようなキスが好きだと言ったから、今村はいつでも最初にそれをくれるのだ。そして、じょじょに舌を絡め合い、深い口づけへと変わっていく。

「後ろはどうなってる？」

後ろは昨夜愛されすぎて、まだ少しほころんだようになっている。だから、少し濡らしただけで彼を受け入れることができるだろう。そのことを彼の耳元で囁くように言うと、今村は自らの手で確かめるために窄まりに指先を伸ばしてくる。

「ああ、本当だ。いい具合のままだ」

そう言うと枕の下の潤滑剤を取り、今度はそれをつけた指で襞を広げ、窄まりの中まで濡らしていく。

「うん……っ、んふっ、あ……っ」

紗希が声を漏らしながら、今村の指を呑み込んだ腰を振る。

「もう、大丈夫だから……」

自ら欲しいとねだった紗希は、横になっている彼の腰に跨《またが》る格好になると、熱く硬い今村自身にゆっくりと体を沈めていく。

愛している人によって全身が満たされていく思いは、何度味わっても紗希を夢中にする。抱かれることに抵抗なく素直に身をまかせ、快感を得て身も世もなく啼《な》くことも覚えた。欲しいときは欲しいと言えばいいことも、ときには甘えてわがままを言うことも、何もかも今村が紗希に教えてくれたことだ。

あれから十ヵ月が過ぎて、今の紗希の生活は愛に満ちている。

あの日、紗希は自分の意思で柳燕の屋敷を出た。荷物は何も持たず、これまでの絵もすべて置いてきた。まさに身一つで今村の手を取り、自分の道を歩み出したのだ。

そして、この春、琵琶湖湖畔にりっぱな文化ホールが完成した。柳燕の絵が飾られるはずだったエントランスホールには、地元出身で新進気鋭の彫刻家がデザインした、巨大な花崗《かこう》岩《がん》のオブジェが飾られている。

ギャラリーにはこれからの日本画界をリードしていくだろうと言われている、若手の日本画家の絵が二十数点並んでいた。これらの絵は一年ごとに新作にかけ替えられ、その審査は才能のある者をどんどん引っ張り上げていこうという関西、関東の画壇を超えた組織で運営されている。

今は紗希の絵も二点飾られていた。一点はスズメと竹の絵。竹林の中で竹の葉についた朝露を啄ばむスズメが画面の右上に描かれ、左下にはそれを見上げるもう一羽のスズメがいる。二羽とも楽しそうで、すぐにも飛び立って高い空に舞い上がりそうだった。この絵はすでに買い取りのオファーがきており、かけ替えのときに引き取られることになっている。

もう一枚の絵は柳と燕《つばめ》の絵だった。柔らかい柳の枝の間をすり抜けるように飛ぶ燕の姿を描いたものだ。この絵を紗希は柳燕のことを思って描いた。

長い間大切にしてもらったのに、裏切ることになってしまった。詫びても詫びても言葉は足りない。だから、絵にしてこれまでの感謝の気持ちをすべて表わしたのだ。この絵もぜひ

欲しいという人がいたが、これはいずれ柳燕に贈るつもりなので、申し訳ないが断って別の絵を描く約束をしている。

そんな柳燕からは、屋敷を出た数ヵ月後に紗希の絵のすべてが送られてきた。大学時代のものから住み込み時代に描いた十七点と使い慣れた画材一式も添えられていた。置いてきた絵は激昂《げっこう》した柳燕にすべて処分されてしまうと思っていたから、それは意外な出来事だった。

また、荷物の中には屋敷を出るときに紗希が自分のアトリエに置いてきた二つの金環が入っていた。それには短い添え書きがあり、「絵の具代に困ることがあったら売りなさい」と書かれていた。まるで本当の親のように、独立した紗希の行く末を案じてくれている柳燕の温情にあらためて深く感謝した。

屋敷を出たあとは東京に戻ってきて、ずっと今村と一緒に暮らしている。愛する人との生活は甘い幸せに満ちている。

そんな紗希の毎日は、今村の援助で借りた都心から少し離れた場所にあるアトリエでひたすら絵を描いて過ぎていく。今村の休みの日には、彼の運転でスケッチのため山や川へ連れていってもらえる。

こうしてみれば、広大な庭と鳥の世話がないというだけで、紗希の日常は柳燕の屋敷にいるときとあまり変わらないのかもしれない。

今でもときおり、屋敷の庭の鳥たちのことを思い出し案じることもあるが、彼らは柳燕に愛されて禽舎の中できっと幸せだ。そして、紗希はあの禽舎を出てきたが、今村が用意してくれた籠の中でやっぱり幸せに暮らしている。

ここは紗希が望んでいる場所で、この大きな籠の扉はいつも開け放たれている。いつでも自由に出入りができるここは、甘い愛情に満ちた籠の中だった。

あとがき

シャレードさんでは二冊目の文庫となります、「禽舎の贄」楽しんでいただけましたでしょうか。

今回挿し絵は有馬先生にお願いいたしました。皆様にも和テイストのイラストの数々を堪能していただいていると思います。ステキな一冊になってとても感謝しております。

さて、関西に移住してきて二年ほどになりますが、現在暮らしている部屋のすぐ横には小さな川が流れていまして、そこには鴨やら鷺やらがやってくるんです。ツグミやモズの仲間もよく見かけますし、セキレイもときにはやってきます。

というわけで、すっかり「一人野鳥の会」状態なんですが、そんな中でも結構見ていて飽きないのが雀なんです。ベランダの日当たりのいいところで、まだ若い雀が三羽くらいでチュンチュンと遊んでいると、「何話してんのかなぁ。楽しそうだなぁ。仲間に入りたいなぁ」と思ってしまうのです。

でも、部屋の中から窓越しにじっと見ていると、一羽がわたしの姿に気づくなりみんなで「うわー、逃げろーっ」って感じで飛んでいってしまいます。そのたびに、まるで遊びの輪の中に入れてもらえず、置いていかれた子どものような気分を味わっています。そして、しょんぼりとデスクに戻り、また仕事をするわけです。

今回のお話の中でも主人公の紗希は今村の手を取り、禽舎を出て無事飛び立っていきました。こちらは置いてきぼりではなく、巣立ちを見守った親鳥の気分です。

というわけで、わたしも新しいお話に向けて重い腰を持ち上げヨイショと飛ばなければなりません。書き上げたお話が本になったときの喜びはひとしおですが、今度はどんなお話を書こうかと考えているときも、ワクワクとしてとても楽しいものです。

それでは、近くまたシャレード文庫で皆様にお会いできる日を楽しみにしています。

その日までお元気で。

二〇〇八年　五月　　　　水原とほる

本作品は書き下ろしです

水原とほる先生、有馬かつみ先生へのお便り、
本作品に関するご意見、ご感想などは
〒101-8405
東京都千代田区三崎町2-18-11
二見書房　シャレード文庫
「禽舎の贄」係まで。

CHARADE BUNKO

禽舎《きんしゃ》の贄《にえ》

【著者】水原《みずはら》とほる

【発行所】株式会社二見書房
東京都千代田区三崎町2-18-11
電話　03(3515)2311［営業］
　　　03(3515)2314［編集］
振替　00170-4-2639
【印刷】株式会社堀内印刷所
【製本】ナショナル製本協同組合

ISBN978-4-576-08106-9

http://charade.futami.co.jp/